KB102875

뿌티스타그램

뷰티스타그램

한영미 장편소설

꿈꾸다

✦ 프롤로그 ✦

오디오 괴담 공모작 95
제목: 반점 | 글쓴이: 외씨아씨 2022. 8. 23

제1화
주변은 온통 칠흑 같은 어둠이다.

어디선가 한줄기 영롱한 빛이 쏟아지고 그 빛 끝에 염라대왕이 앉아있다.

"오랏줄에 꽁꽁 묶어 지옥 불에 떨어뜨려도 시원치 않을 놈이 왔구나."

마봉식은 엎드려 머리를 조아렸다.

"제가 무슨 죄를 지었다고 그러세요?"

"내 그럴 줄 알고 준비했다."

마봉식 앞에 커다란 거울이 나타났다.

거울 속의 마봉식이 하는 말은 주로 이런 거다. '좀비 같이 생긴 게 어딜 얼쩡거려? 빨리 비키지 못해?' '재수 없어. 눈탱이에 테이프 붙인다고 호박이 방울토마토 되겠냐. 차라리 떼고 다녀라.' '아, 왜 이 학원 애들은 다 이 모양이야. 저런 애 안 본 눈 사고 싶다.'

마봉식은 자기가 한 말을 채 다 듣지도 않고 외쳤다.

"제 눈에는 그렇게 보이는 걸 어쩌란 말이에요?"

"뭐라고! 아직도 정신을 못 차렸구나."

"아니, 그러니까 한 번만 봐 달라는 거죠. 아직 철없는 나이잖아요. 네?"

마봉식이 엎드려 두 손을 싹싹 빌자, 염라대왕이 측은한 눈길로 내려다보며 떨떠름하게 말했다.

"저승에서도 깊고 깊은 어둠의 방에 처넣고 싶으나, 어린놈이라 한 번 더 이승에서 살 기회를 줄까 한다."

"정말요?"

마봉식이 주먹 쥔 손을 휘두르며 아싸, 하고 외쳤다.

"그 대신 표를 하나 받고 가야 하느니라."

"표라니요?"

"이를테면 저승에 갔다 왔다는 표식이니라."

"아, 그래요? 살려만 주신다면 얼마든지 받겠습니다."

그 순간, 마봉식의 이마에 새끼손톱만 한 붉은 점이 그려졌다. 마봉식은 아무 느낌이 없었는지 그저 저승을 벗어날 생각에 들떠 있었다.

염라대왕이 말했다.

"착하게 살면 이마의 표식이 줄어들테고, 나쁘게 살면 더 커질 것이다."

"알았다고요."

마봉식은 염라대왕의 말을 늙은이 잔소리쯤으로 여기고 어린애처럼 칭얼거렸다.

"빨리요, 좀. 네?"

그 순간, 빛은 사라지고 바닥이 아래로 푹 꺼졌다.

제2화

"휴! 꿈이었네."

마봉식은 땀에 젖은 몸을 일으켰다. 몸이 천근만근 무거웠다. 묘지에서 일어나는 기분이 이럴까, 하고 생각했다.

"죽었다 살아난 기분이야."

세면대 앞에 섰을 때, 마봉식은 깜짝 놀랐다.

"세상에, 이럴 수가!"

이마 한가운데에 붉은 반점이 있었다.

"염라대왕이 말했던 그 표?"

마봉식은 헷갈리기 시작했다. 간밤에 본 것이 꿈인지 생시인지. 반점을 손끝으로 살살 건렸더니 근질근질 가려웠다. 한번 긁으니 더 가려웠고, 그래서 더 긁으니 걷잡을 수 없이 가려웠다. 찬물로 세수를 하고 보니 가운데 누런 고름이 차 있다. 그것만 짜내면 감쪽같을 것 같다는 생각에 마봉식은 손톱으로 반점 주변을 눌렀다. 찍, 누런 비지 같은 게 나오고 끝에는 피까지 찔끔 나왔다. 물로 씻어내자 반점은 불그죽죽한 빛을 띠며 볼록 부풀어올랐다.

"뭐야, 반점이 더 커졌잖아!"

마봉식은 앞머리를 한껏 내려 이마를 가리고는 터덜터덜 학교로 향했다.

"완전 스타일 구겼네."

큰 키에 희고 깨끗한 피부의 마봉식은 하이틴 스타로서 유명세를 떨치고 있는 중이다. 그런데 반점이라니. 오늘 갑자기 생긴 이마의 붉은 반점이 여간 신경 쓰이는 게 아니다. 게다가 그 이상하고 불길한 꿈은 또 뭔가.

"꿈치고는 너무 생생해. 꿈에서 표 어쩌고 하더니 정말 내 이마에 이딴 게 생긴 것도 이상하고."

그나마 교복 광고 사진을 찍은 다음에 이런 일이 생겨서 다행이다.

학교 앞에서 채리와 여은이 기다리고 있었다.

"봉식아, 이리 와 봐. 우리 광고 사진인데 이런 게 인터넷에 돌아다녀."

광고 사진 속의 마봉식 이마에 낙서가 되어 있었다. 누군가 빨강 펜으로 점을 그려 넣은 거다.

"어떤 새끼가……하필 거기에!"

마봉식은 자기 이마의 반점이 떠올라 왠지 불길했다. 생각할수록 께름칙하고 화가 치밀어 올랐다.

다시금 이마가 근질근질했다. 긁으면 또 피가 날 것 같아서 손바닥으로 이마를 꾹꾹 눌렀다. 그러지 말아야 했는데, 건드렸더니 걷잡을 수 없이 가렵기 시작했다. 마봉식은 참지 못하고 이마를 긁어댔다.

채리가 놀라 말했다.

"봉식아, 너 괜찮아? 피 날 것 같아."

마봉식은 핏물이 낀 손톱을 내려다보며 중얼거렸다.

"범인을 잡아 때려죽이라고 미리 꿈으로 보여준 거야."

누가 그랬을까, 마봉식은 학교를 향해 걸어가면서 의심스런 사람을 생각해 내려 애썼지만 딱히 떠오르는 사람은 없었다.

한 가지 확실한 것은 그동안 자기가 무시하고 괴롭혔던 아이들 중 한 명이라는 것. 그런데 그런 아이가 너무 많았다.

제3화

마봉식은 교실 문을 밀어젖히고 다짜고짜 외쳤다.

"어떤 새끼야. 누가 내 얼굴에 낙서했어?"

스마트폰을 들여다보고 있던 아이들이 고개를 들고 마봉식을 바라보았다.

"야, 마봉식 이마 좀 봐."

"광고 사진에 그려진 낙서가 진짜였나 봐."

뒤이어 들어온 채리와 여은이도 아이들을 다그쳤다.

"우리 봉식이 사진에 낙서해서 인터넷에 올린 사람 누구야?"

"빨리 자수해! 자수하면 살려 줄게."

마봉식이 빨리 나오라고 으르렁거리고 있을 때, 누군가 말했다.

"수지는 어딨어?"

"광고 모델에서 수지만 떨어져서 이젠 같이 안 다니나 봐."

마봉식은 수지 이름을 듣는 순간 머리가 팽 돌았다.

"수지, 수지 짓이야."

채리와 여은이도 수지가 오기만을 기다렸다.

"안녕?"

수지가 교실로 들어오자 마봉식이 자리를 박차고 일어났다.

"야, 너!"

끓어오르는 분노를 주체하지 못한 마봉식이 수지의 멱살부터 잡았다.

"마봉식, 너 왜 그래?"

"몰라서 물어?"

채리와 여은이도 합세하여 수지를 다그쳤다.

"네가 광고 사진에 낙서했잖아. 봉식이 이마에 점 말이야."

"아냐. 무슨 소리야. 난 그 사진 보지도 못했어."

세 사람은 수지의 말을 믿지 않았다. 수지만 광고 모델에서 빠져서 분풀이한 거라고 생각했다. 화를 내면 낼수록 마봉식은 참을 수 없는 가려움에 몸부림쳤다. 결국 이마에 난 반점을 긁기 시작했고, 살이 찢어지면서 피가 뚝뚝 흘렀다.

그 모습을 보고 수지가 외쳤다.

"마봉식, 너 이상해! 좀비 같아."

"뭐? 좀비? 이게."

마봉식이 피 묻은 손을 위로 치켜들었다.

"제발 살려 줘."

수지는 세 아이로부터 벗어나려 몸부림쳤지만 쉽지 않았다.

"왕수지, 너도 당해 봐."

결국 마봉식의 손이 수지 얼굴을 긁었다.

"으악!"

제4화

칠흑 같은 어둠 속. 한줄기 빛이 마봉식을 향해 쏟아졌다. 굵고 깊은 염라대왕의 목소리가 들려왔다.

"어리석은 것."

마봉식이 항의하듯 말했다.

"제가 연예인이거든요. 연예인에게 얼굴이 얼마나 중요한데요."

염라대왕이 헛기침을 하며 마봉식의 말을 끊었다.

"헛 참! 이젠 애걸복걸해봤자 소용없다."

"아니, 그게 아니라요. 제 말 좀 들어보세요. 이마에 반점을 주고 살아가라면 제가 어떻게 살아요? 게다가 반점이 점점 커지고 건드리면 가렵고, 정말 난리도 아니었다니까요."

"반점? 그게 무슨 소리냐?"

"제 이마를 보세요. 빨갛고 가렵고 고름까지 났어요. 점점 커졌다고요."

"여드름 말이냐? 그깟 여드름이 뭐라고. 네 나이에 여드름 안 나는 사람도 있더냐."

"여드름이었어요? 그럼 왜 꿈에 나타나서 표를 준다고 하셨어요? 의미심장하게. 뭐 대단한 건 줄 알았잖아요."

"헛소리 그만하고 네가 저승에 온 진짜 이유나 듣거라."

염라대왕이 이어서 말했다.

"김이영이 너 때문에 분노가 쌓였더구나. 너에게 딱히 잘못한 것도 없는데, 괜히 모욕하고는 미안하다는 말도 안 했지? 잘난 외모를 타고났으면 감사한 마음으로 살아야지. 다른 사람들을 무시하고 멸시하고 망발이 웬 말이냐. 너한테 당한 아이가 한두 명이 아니야. 내가 더는 두고 볼 수 없어서 저승으로 불러들였다. 반성하라고 한 번 더 기회를 줬더니 제 버릇 개 못 주고 다시 돌아왔구나. 쯧쯧쯧."

"제 사진에 낙서한 범인이 김이영이에요?"

"범인이라 부르지 마라. 내가 화풀이해도 좋다고 허락했다."

"아무리 그래도 그렇지, 어떻게 제 사진에 낙서를 해요? 그것도 얼굴에다. 전 정말 참을 수 없었다고요."

"넌 참아야 했어. 참고 왜 이런 일이 일어났는지 돌아봐야 했느니라."

"돌아보는 건 제가 할 일이고, 김이영은 잘못한 거 맞잖아요. 영업 방해를 한 거라고요."

"어허, 생긴 건 멀쩡한데 말귀를 못 알아듣는구나. 나 염라대왕이 허락했다고 하지 않느냐."

마봉식은 그제야 염라대왕의 위력을 알아듣고 머리를 조아렸다.

"염라대왕님, 가서 미안하다고 할게요. 이승으로 다시 보내 주세요."

"네가 죽었으니 그것으로 됐다. 김이영도 이젠 화가 풀렸을 것이다."

염라대왕이 우렁찬 목소리로 외쳤다.

14

"여봐라."

저승사자 둘이 오랏줄을 들고 나타났다. 마봉식이 검은 밧줄을 보고 하얗게 질린 얼굴로 벌벌 떨었다. 저승사자 둘이 굵고 칙칙한 목소리로 외쳤다.

"2006년 8월 5일생 마봉식. 지금 집행하겠습니다."

오랏줄에 꽁꽁 묶인 채 울부짖으며 질질 끌려가는 마봉식. 곧 어둠 속 가득히 비명이 울려 퍼졌다.

👍❤️ 여름밤 외 52명 댓글 22 개

└ 여름밤– 괴담의 매력은 반전인데 반전이 아쉬워.(9일 전)

　└ 찬돌– 여드름을 저주의 반점이라고 착각한 것, 재미있는데요.(7일 전)

└ 망고– 현실적인 내용이라 몰입되네.(9일 전)

　└ 구름신– 에에, 그 정도는 아닌 듯.(8일 전)

└ 무지개– 학교폭력과 외모 갑질 비판? 당한 사람이 보면 속 시원하겠다.(9일 전)

└ 장미– 꿈에서 시작해서 저승으로 끝나는 게 신선했어요. 외씨아씨님은 '오디션 괴담' 쓰신 분? 그 글은 좀 웃겼어요. 어설픈 게 매력.(9일 전)

　└ 수일– 우리 학교에 연예인 한다고 깝죽대는 애 있는데, 걔 이

야기인 줄 알고 심장이 쫄깃했네요.(9일 전)

 └찬돌- 이 작품 찜. 내년 여름에 오디오로 들을 수 있기를.(9일 전)

  └ 구름신- 그 정도 수준 아님. 솔직히~.(8일 전)

   └ 찬돌- 난 이 글 응원함.(8일 전)

 └ 눈동자⊙⊙- 네가 한 짓을 다 보고 있다. 음 하하하.(8일 전)

 └ 자두- 우리 반 김민후는 사람을 돌같이 봄.(8일 전)

 └ 수박- 우리 반 김민후는 공으로 보는데…… 막 걷어참.(7일 전)

 └ 학교괴담- 우리 학교 김민후는 막말의 대가~.(7일 전)

 └ 여드름귀신- 저승으로 직행?(7일 전)

 └ 슈퍼쾌남- 이거 완전 개빡치네.(7일 전)

  └ 축구공- 누가? 이 글 주인공 김민후가? 아님 쾌남님?(7일 전)

 └ 여름- 김민후는 어느 학교에나 있는 듯. ㅠㅠ(2일 전)

 └ 찬돌- 재섭는 놈에게 콜라를 콸콸콸. ㅋㅋ(1일 전)

 └ 슈퍼쾌남- 제발 이 글 좀 내려줘요.(1일 전)

  └ 슈퍼쾌남- 아, 씨! 내려 달라니까요.(6시간 전)

 └헐씨- 헐! 주인공 이름 바뀌었네. 마봉식이 뭐야. ㅋㅋㅋ(1분 전)

나노 슬림 테이프

사람 일 한 치 앞도 내다볼 수 없다더니. 요즘 날씨가 그렇다. 한 시간 앞조차 예측할 수 없다. 그제도 오전 내내 삶아 대더니 오후에 소나기가 좍좍 내렸다. 오늘도 좀 전까지만 해도 기상청 관측 이래 최고 기온이네 찜통이네 뭐네 하더니, 지금은 견딜 만하다. 교문을 나설 때부터 바람이 불기 시작했다. 외할머니로부터 주워 들은 바로는 비가 예상되는 바람이다. 정말 비가 내려 더위가 한풀 꺾인다면 한 시간 앞당겨 종례한 학교는 뭐가 된단 말인가.

"나야 좋지만."

덕분에 한 시간 여유를 얻은 나는 이어폰을 꽂은 채 독서실로 향했다. 이어폰에서는 '위층 남자'가 흘러나오고 있다. 아래층 아주머니의 장례식장 장면이다. 역시 죽음은 괴담의 단골 소재다. 문수가 조문을 하러 오자 아래층 아저씨가 맞이한다. '아이구, 여길 어떻게' 하면서.

상가 건물 앞을 지날 때였다. 빙숫집 앞에 그 아이들이 모여 있었다.

'메구들이 빙숫집에 자주 출몰하네. 하긴 얼음 부스러기가 당길 때지.'

우리 학원 아이들은 얘네를 '이쁜이 5인조'라고 부른다. 이 5인조는 김민우를 쫓아다니는 아이들인데, 행색이 보통이 아니다. 일명 한 뼘 치마를 입고 다닌다. 그것도 교복을. 우리 동네에서 교복 치마 끝단을 엉덩이 주름 아래로 맞춰 입고 다니는 중학생은 없다. 고등학생이라면 몰라도. 어느 고등학교인지는 모르지만 고등학생이 중학생인 김민우를 사생팬처럼 쫓아다닌다고 생각하면 좀 그렇다.

'참, 답 없다! 답 없어. 메구들.'

나는 얘네를 메구들이라고 부른다. 물론 속으로만. 큭, 하고 웃음소리가 튀어나와 버렸다. 나는 얘네만 보면 이런 웃음이 나온다. 독서실 건물로 들어서면서 돌아보지 말았어야 했다. 메구들 중 한 명이랑 눈이 마주쳤다. 그애도 빙숫집으로 들어가려다 돌아본 모양인데 하필.

'아, 기분 별로다. 불길해, 개불길해.'

독서실은 기대했던 대로 시원했다. '에어컨 빵빵. 이 맛에 여기 오지.'

의자를 빼 앉고 나니 잠깐 놓치고 있던 소리가 들려오기 시작했다.

한 무리의 조문객들이 들어온다. 죽은 아주머니의 동네 친구들인 모양이다. 이 조문객들은 아주머니가 죽은 이유에 대하여 떠들어댄다. 자살이냐, 사고사냐, 아니면 지병이 있었냐는 등. 그들은 문수를 힐끔 보고 수군거린다. 수군대는 말 중에 저 사람이 발망치냐는 말이 나왔다. 층간 소음을 다룬 괴담인 모양이다. 이쯤에서 이어폰을 뺄까 하다가 마음을 돌려먹었다. 오늘 1학기가 끝났고 내일부터 방학인데 공부가 웬 말인가, 하는 생각이 비집고 들어왔던 거다. 게다가 오늘은 방학 특강 첫날이라 예습할 것도 없다. 교재도 오늘 받기 때문에 딱히 펼쳐 놓고 볼 것도 없다.

'오늘은 놀기 딱 좋은, 놀아도 되는 얼마 안 되는 날 중의 하루야.'

빈 책상에 팔꿈치를 올리고 귓속에서 속삭이는 소리에 집중했다. 조문객들의 수다가 이어졌다. 최근까지도 아주머니가 소음 때문에 괴로워했다고도 하고, 위층 남자가 선물도 주었다면서 서로 잘 지낸 것 같던데, 하는 소리들. 문수가 슬금슬금 그들에게 다가간다. 이제부터 뭔가 일이 벌어질 것 같은데, 웬일로 졸음이 왔다.

'괴담 듣다가 이러긴 처음이야.'

머리 위에선 찬바람이 솔솔 내려오지, 땀으로 축축했던 몸은 바싹 말라 쾌적하지……. 몸이 나른했다. 결국 깜박 졸았다. 깼을 때는 학원 갈 시간이었다. '위층 남자'는 계속되고 있었다. 시간이 꽤 지났는데도 문수는 여전히 아주머니가 죽은 이유를 묻고 다니는 중이다. 이 이야기는 다른 이야기에 비해 진행도 느리고 지루한 감이 있다.

'아이구, 답답시러워. 완전 고구마야.'

지나간 부분을 되돌려 듣지 않아도 될 것 같았다. 앞으로의 이야기도 대충 짐작이 갔다. 자기 발소리 가지고 핀잔했던 아래층 사람에게 복수하는 내용일 거다. 문수가 아주머니를 어떻게 한 것 같은데 그 '어떻게'가 관건인 셈이다. 하이라이트는 아직 나오지도 않았는데 벌써 80퍼센트가 지났다. 이러면 얼렁뚱땅 마무리 짓겠다는 거다. 지금까지 들은 괴담 중에는 완결미가 있는 작품도 꽤 많았지만, 그렇지 못한 것도 간혹 있다는 걸 잘 안다.

'나도 이 정도는 쓰겠다. 앗! 닭꼬치 먹을 시간도 없겠네.'

이어폰을 꽂은 채 독서실에서 나왔다. 고맙게도 바람이 더 세졌다. 덥고 습한 바람이지만 그래도 한결 나았다. 나는 대박 닭 꼬칫집으로 들어갔고, 문수는 아주머니가 마지막에 입원했던 병원을 찾는다. 의사는 배우자가 부검을 원하지 않아 심장마비로 진단 내리고 마무리했다고 전한다. 문수는 병원에서 나오고, 나는 꼬치에서 닭고기 한 점을 빼 먹었다. 마지막 한 점을 입에 넣었을 때, 문수가 의미심장한 말을 했다.

내가 한 어떤 행동이 아주머니를 죽음으로 몰고 간 걸까?

'드디어 뭔가 나오는군.'

대박 닭 꼬칫집에서 나와 횡단보도 앞에 섰다. 문수가 선물상자를 들고 아래층 초인종을 누른다. 아저씨는 문수를 들이고 차를 대접한다. 아저씨가 말한다. 자기 아내가 예민한 편이라 그동안 힘들지 않았냐고. 예민한 사람은 사람을 피곤하게 하지, 하며 미소 짓는 아저씨. 문수는 아저씨의 표정이 부인을 잃은 지 얼마 안 된 남편치고는 너무 밝다고 생각한다. 나는 학원 건물로 들어갔다. 아이들 목소리가 끼어들어 괴담에 집중할 수가 없었다. 문수가 안방을 살피는 장면에서 이만.

이어폰을 빼자 귀에 익은 소리들이 훅 들어왔다. 메구들이다. 애네는 자기들끼리도 욕으로 부르고 맥락 없이 말끝마다 욕을 붙이는데, 나는 그 욕을 들으면 소름이 돋고 몸이 오싹거린다. 하필 내가 그 애들 옆을 지나갈 때 욕이 들리면 꼭 나한테 하는 소리 같아 기분이 나빠진다. 오늘도 기분 나쁜 채로 그 애들을 지나쳤다.

좁은 복도가 아이들로 북적거렸다. 강의실을 찾아 기웃거리거나, 두서넛씩 모여 떠들거나, 벽에 붙은 공지문을 보거나, 교재를 받아 오거나⋯⋯. 그 가운데 눈치 없게도 메구들 다섯 명이 서 있었다. 음료수 자판기 옆에서 건들거리며 떠들고 있는 폼이 정말이지 가관이다. 김민우를 기다리고 있는 걸 거다. 혹시 이 학원을 다니기로 했나, 하는 생각이 잠깐 들었지만 절대 그래 보이지는 않았다. 강의 시간이 다가오는데도 강의실을 찾아 들어갈 기미가 전혀 없는 걸 보면. 그나마 다섯 명 중 두 명은 등을 벽에 기댄 채 두 다리를 뻗치고 서 있었다. 허연 다리 네 개가 나는 이 학원 안 다녀요, 하고 말하는 듯했다.

교재를 받으러 사무실 쪽으로 향하는데 째지는 소리가 들렸다.

"김민우 왔다."

"민우야, 김민우."

메구들이 꺅꺅 소리 지르며 우루루 김민우 쪽으로 몰려갔다. 메구들 말고도 김민우를 보려고 기웃거리는 애들이 꽤 있었다. 이미 강의실에 들어가 있던 애들도 나와서 메구들 위로 솟은 김민우 얼굴을 구경했다. 김민우가 워낙 유명해서도 그렇겠지만 메구들이 과장되게 수선을 피운 탓도 있을 것이다. 나는 거짓말 하나 안 보태고 김민우가 전혀 궁금하지 않다. 호미처럼 뾰족한 턱에 장대처럼 삐죽 키만 커서는, 특히 성격이 못됐다. 자기가 가는 길 앞에 아이들이 거슬리면 말없이 인상만 쓰고 내려다보는 걸 본 적이 있다. 아이들이 길을 터주지 않으면 쓰읍, 방울뱀 소리를 내며 오만 인상을 다 썼다.

마치 상것들을 나무라는 못된 양반처럼. 내가 아는 사람 중에 제일가는 부지꾼이다. 교재를 받아 오는데 아직도 김민우와 메구들이 A반 강의실 앞에 있었다. 하필 왜 A반 강의실 앞에서 저러고 있는지. 김민우가 또 A반인가? 맨날 놀러 다닐 것 같은 애가 공부는 곧잘 한단 말이야. 나는 그 애들이 곧 비켜 주겠지, 하고 한 발 물러나 있었다. 핑계 김에 김민우가 팬서비스를 어떻게 하는지도 구경할 겸.

김민우가 말했다.

"이따 봐. 영어 끝나고 거기로 갈게."

메구들 중에 긴 생머리가 들고 있던 캔을 김민우에게 건넸다.

"이거 공부하다 목마르면 마셔."

김민우는 캔을 받아 들고는 해맑게 웃으며 말했다.

"그럼 나 들어간다."

그 모습을 보고 있자니 웃음이 났다. 꼴값 떤다는 외할머니가 자주 하던 말이 생각났기 때문이다. 새어 나오는 웃음소리를 막느라고 큼큼 소리를 냈다. 메구들이 내가 선생님인 줄 알았는지 문에서 비키려다 도로 막아섰다. 이젠 나도 들어가야 했다.

"저기, 좀……."

메구들이 움직이지 않았다. 비켜 주지 않으려 다리에 힘을 주는 것 같이도 보였다. 나는 못 참고 팔뚝으로 슬쩍 밀어내며 안으로 비집고 들어갔다.

"아, 재수 없어."

이런 욕이야 예사니까. 나도 아이씨, 하고 맞받아쳐 주면 된다. 물론 들릴 듯 말듯 입술 끝에서 중얼거린 것에 불과하지만. 세 발자국쯤 걸었을까. 뒤에서 또 목소리가 들렸다.

"오타쿠같이 생긴 게……."

설마 나? 뒤통수가 쎄했다. 강의실에 앉아 있던 몇몇 아이들이 킥킥 웃었다. 오타쿠같이 생겼다니. 진짜 나 보고 하는 소린가? 나는 믿기지 않아 휙 돌아봤다. 영어 선생님이 들어오고 있었고, 메구들은 키득거리며 떠나갔다.

머릿속이 하얘져서는 맨 뒷자리로 가서 앉았다. 영어 선생님이 조금만 늦게 들어왔다면 쫓아 나가 싸웠을지도 모른다. 창피하고 분하고 속상했다. 나는 한동안 수업에 합류하지 못하고 시나리오를 짰다.

만약 메구들과 싸운다면, 내가 왜 오타쿠같이 생겼냐고 따지기부터 해야 할 것이다. 그러면 메구들은 맞잖아, 하고 답할 것이고, 그 한마디만으로도 아이들은 재미있다고 웃을 게 뻔하다. 생긴 것 가지고 걸고넘어지는 싸움은 무조건 가해자가 이길 수밖에 없다. 당한 사람은 이미 자신감이 뚝 떨어져 그 자리에서 사라지고 싶을 테니까. 몸싸움도 자신 없다.

메구들은 다섯 명 모두 발육 상태가 좋았다. 쟤네들 허벅지로 내 허리를 누르면 두두둑 부러질 거다. 말싸움도 그렇다. 외할머니 주머니에서 오래 묵은 사탕 같은 욕이나 할 줄 아는 내가, 하는 말의 반 이상을 유혈이 낭자한 시뻘건 쌍욕을 구사하는 저 아이들을 어찌 이길 수 있겠는가. 게다가 하나같이 예쁘다는 걸 인정하지 않을 수 없는 얼굴들이다. 당장 쫓아 나가서 싸우지 않은 것은 잘한 일인지도 모르겠다. 완전 백전백패네.

그때 퍼뜩 중요한 걸 까먹었다는 사실이 떠올랐다.

'아, 내 눈!'

나노 슬림 테이프를 안 붙인 거다. 그래서 오해를 산 것일수도 있다. 내가 자기들을 비웃는 것으로. 언제는 왜 자기를 비웃었냐며 따지러 온 아이도 있었다. 내 짝눈 때문이다. 지금은 내 나름대로 특단의 조치를 취하고 있다. 나노 슬림 테이프를 붙여서 좌우가 똑같은 쌍꺼풀로 만드는 거다. 학교에서는 혹시라도 선생님한테 걸리면 핀잔을 들을 수 있어서 참고, 학원에서만큼은 거의 붙이는 편인데 오늘은 깜박했다. 그 재미없는 괴담을 듣다 잠깐 잠이 드는 바람에 정신이 없어서 그만.

노트 귀퉁이에 '메구들'이라고 썼다. 굵고 진하게 덧썼다. 조금 속이 풀렸다. 저 애들이 메구가 무슨 뜻인지 알면 기분이 어떨까? 외할머니는 동네에 멋깨나 부리던 언니가 지나가면 꼭 한마디 했다. 가시나가 허연 허벅지를 내놓고 어델 빨빨거리고 다니노. 메구 같고롬.

메구는 천년 묵은 여우라는 뜻이다. 어떤 때는 메구가 도섭을 했나 보다고 중얼거릴 때도 있었다.

'메구들…….'

메구들 때문에 영어 수업이 어영부영 끝났다. 이렇게 수업에 집중하지 못한 것은 오늘이 처음이다. 막 나노 슬림 테이프를 챙겨 나가려는데 내 옆에 누가 와 섰다. 김민우였다. 자기 팬들이 나한테 무례하게 굴었다고 사과하러 온 건가?

"너 이름 오이진 맞지?"

김민우가 생각보다 부드러운 목소리로 물었다.

"그런데?"

"이따가 시간 있어?"

김민우 말에 몇몇 아이들의 눈길이 내 쪽으로 쏠렸다.

"무슨 시간?"

사과를 할 거면 지금 하지 시간 있는지는 왜 묻지? 다른 꿍꿍이가 있는 건가?

"영화표 있는데 같이 볼래?"

나를 알고나 있었나, 하는 생각이 들 정도로 전혀 나랑은 소통이 없었던 김민우가 왜? 1학기 초부터 지금까지 같은 강의실에 앉아 있었지만 김민우랑은 한 번도 말을 섞어 본 적이 없었다. 그런 김민우가 나랑 영화를 보자고 한다.

"네 전번 찍어 줘."

김민우가 자기 스마트폰의 키패드를 열어 내 앞으로 내밀었다.

"……."

나는 팔짱을 끼고 고개를 갸웃했다. 몇몇 아이들이 우-, 하는 소리를 냈다. 김민우가 허리를 굽히더니 내 귀에 대고 속삭였다.

"네가 거절하면 내가 부끄럽잖아. 부탁해."

김민우의 진지함에 순간 당황했다. 마땅히 거절할 이유가 떠오르지 않았다. 같은 강의실에서 공부하는 사람으로서 전화번호 정도는 알고 지낼 수도 있는 일인데, 거절하면 내가 김민우를 이성으로 생각한다는 오해를 불러일으킬 수도 있을 것 같았다. 다시 말해 튕기는 느낌이랄까. 절대로. 그건 정말 말도 안 된다. 김민우 스마트폰에 내 전화번호를 찍을 때의 내 마음은 학원 친구 그 이상도 이하도 아니었다.

"이따가 시간과 장소 문자로 보낼게."

김민우가 가고 나서 나한테 살짝 변화가 생겼다. 얼굴이 뜨거워진 것 같았다. 내가 왜 이러지? 머리로는 이게 아닌데, 아닌데 하면서도 마음이 들떴다. 한편으로는 아이들 보기에

덜 창피했다. 아까 메구들이 한 말 때문에 당한 모욕을 생각하면 여전히 분했지만, 김민우의 데이트 신청으로 조금은 명예회복이 됐다고나 할까.

나의 어떤 면이 김민우 마음에 들었을까? 공부 잘하는 내가 매력적으로 보였는지도 모른다. 아니면 내 귀여운 얼굴? 예쁘다는 말은 못 들었어도 어려서부터 귀엽다는 말은 조금 들었다. 나한테도 예쁜 구석이 있긴 하다. 나는 귓불이 예쁜 편이다. 외할머니도 내 귓불에 복이 잔뜩 들었다고 했다. 김민우가 내 귓불을 봤나. 나는 뺨을 덮고 있던 머리카락을 쓸어 오른쪽 귀 뒤에 꽂는 척하며 귓불을 슬쩍 만져 봤다. 말랑말랑하고 뜨거웠다.

창밖에 후두둑 빗방울 떨어지는 소리가 들렸다. 결국 비를 뿌리는구나. 말하고 보니 또 외할머니 말투다. 외할머니는 비가 내린다, 비가 온다, 쏟아진다라는 표현보다는 뿌린다는 말을 잘 썼다. 뿌린다고 하면 훨씬 시원한 느낌이 들었다.

어렸을 적 많이 들었던 말이 새삼 강력하구나 싶었다.

'내가 이러고 있을 때가 아니지.'

쉬는 시간이 끝나기 전에 얼른 화장실로 뛰어갔다. 아이들이 뜸해질 때를 기다렸다가 작업에 착수했다. 손바닥만 한 종이에서 얇은 초승달 모양의 테이프를 떼어 냈다. 그걸 왼쪽 엄지손톱 끝에 올리고, 거울을 봤다. 오른쪽 엄지와 검지로 나노 슬림 테이프의 끝을 살짝 잡고 오른쪽 눈꺼풀의 너무 안쪽도 아니고 너무 바깥쪽도 아닌, 살짝 금이 간 부분에 딱 맞게 선을 맞춰야 한다. 쌍꺼풀이 있는 오른쪽 눈은 비교적 쉽게 성공. 아이들이 복도에서 뛰는 소리가 들렸다. 쉬는 시간이 끝나 가고 있었다. 마음이 조급해졌다. 이러면 성공률이 떨어진다. 왼쪽 눈은 접히는 선이 없기 때문에 수치로 따져 붙여야 하므로 작업 난도가 좀 높은 편이다. 눈꺼풀 끝에서 1밀리미터 안쪽에. 앗, 그런데 나노 슬림 테이프가 왼쪽 눈꺼풀에 닿자마자 아래로 떨어졌다. 접착 부분에 물이 묻을 것 같았다. 어디로 떨어졌는지, 세면대를 아무리 찾아봐도 없었다. 나노 슬림이라서 한번 놓치면 찾기가 보통 어려운 게 아니다. 어차피 젖었을 가능성이 높으니 포기하고 새로 하나를 떼었다. 다시 거울을 보면서 눈꺼풀 끝에서 1밀리미터 안쪽으로, 양쪽 끝을 맞추고 손끝으로 꾹꾹 눌러 주었다.

'흠, 성공.'

확실히 쌍꺼풀 있는 눈이 훨씬 예쁘다. 표정 관리에 신경쓰며 강의실로 돌아왔다. 문 안으로 들어섰는데 맨 앞자리에 앉은 아이와 눈이 마주쳤다. 처음 보는 남자 아이다. 그 아이를 지나쳐 내 자리로 와 앉았다. 그런데 그 남자 아이. 어디서 많이 본 얼굴 같은데? 언제 봤더라. 초등학교 아니면 언젠가 다녔던 학원 중에서……. 아, 생각났다. 4학년 때 같은 반이었던 박찬석. 지지리도 공부 못하던 아이였는데 그동안 성적을 많이 올렸나 보다. 키도 작아서 별명이 땅꼬마였다. 맨 앞자리에 앉은 걸 보니 키는 여전히 작은가 보네. 그나저나 아까 메구들이 하는 소리를 들었겠지. 맨 앞자리에 앉았으니 그 누구보다 선명하게 들었을 거다. 박찬석이 나를 기억하지 못하면 좋으련만. 내가 이렇게 박찬석을 선명히 기억하는데 박찬석이 나를 못 알아 볼 수 있을까?

'아, 짜증 나.'

창문에 빗방울 떨어지는 소리가 들렸다. 드디어 찜통더위를 식힐 비가 뿌려지는 거다. 김민우의 자리가 비어 있었다. 영어만 듣고 수학은 재낀 모양이었다. 종종 그러니까 오늘도 그런 날 중의 하루일 것이다. 메구들하고 놀고 있을까? 메구들하고 놀 거라 생각하니 좀 이상했다. 계속 메구들하고 놀지 왜 나하고 영화를 보재? 이거 장난 아냐? 장난 같기도 하고, 거절하면 자기가 부끄럽다고까지 한 걸 보면 진심인 것도 같고. 헷갈렸다.

네가 거절하면 내가 부끄럽잖아

집에 오니 8시 30분이었다. 비는 계속 내리고 이젠 어두워 지기까지 했으니 김민우가 한 말은 없던 일로 해도 될 것 같았다. 그런데 거절하면 내가 부끄럽잖아, 이 말이 자꾸 떠올랐다. 머리를 감고 샤워를 했다. 최근에 산 흰색 티셔츠와 부츠컷 청바지를 입었다. 혹시 몰라 나노 슬림 테이프도 새것으로 붙이고 얼굴에 비비 크림도 발랐다. 배가 고팠다. 그러고 보니 아직 밥도 안 먹었다. 냉장고에 계란말이 한 접시가 있었다. 엄마가 나 먹으라고 만들어 놓았나? 계란말이에 도시락김을 꺼내고 열무김치랑 밥을 먹었다. 9시가 넘었다.

내게는 김민우 전화번호가 없다. 김민우가 내 전화번호만 알아가고 자기 전화번호는 알려주지 않아서 확인 문자도 못 보낸다. 그렇다고 연락할 길이 전혀 없는 것은 아니다. 김민우 SNS에 들어가 본 적이 있다. 하도 여자애들이 김민우 김민우, 해서 딱 한 번. 거기로 메시지를 보내면 되지만, 굳이 그렇게까지 하고 싶지는 않았다. 이젠 밖이 깜깜하다. 연락이

31

온다고 해도 별로 친하지도 않은 남자 아이를 만나러 이 시간에 나가지는 않을 것 같았다. 장난이었거나 까먹었거나 둘 중 하나다. 둘 중 뭐래도 상관없다. 크게 기대했던 것도 아니고, 나에게 피해 준 것도 없으니까.

"그런데 김민우 그 자식이 왜, 할 일도 되게 없다."

따지고 보면 피해 준 게 아예 없는 건 아니다. 나노 슬림 테이프를 한 쌍 더 썼고, 비비 크림을 발랐으니 세수도 다시 해야 한다. 귀찮게. 보통날 같았으면 독서실에서 오늘 학원에서 공부한 내용을 복습했을 텐데 못 했다. 그뿐인가. 나갈 생각에 붕 떠서는 오다가다 틈틈이 듣던 괴담도 못 들었지 않은가. 김민우가 쓸데없는 약속만 하지 않았어도 지금쯤 '위층 남자'를 다 들었을 것이다.

"김민우 나쁜 놈."

침대 머리에 등을 대고 앉아 괴담 사이트로 접속해 들어갔다. '위층 남자'는 괴담치고는 너무 지루해서 더 듣고 싶지 않았다. 하지만 끝이 어떻게 났는지는 궁금했다. 댓글 중에 결말이 대박이라는 내용이 있었다. 문수가 아주머니에게 선물한 것 중에 살인 도구가 있었다는 것이다. 모양은 탁상시계인데 미세한 음파를 내보내 뇌파를 지속적으로 자극하여 발작을 일으키게 한다는 거다. 그런데 더 대박은 음파는 아무런 효과가 없었고, 진짜 살인자는 아저씨라고 했다. 소음을 녹음해서 몰래 틀어 놓고는 아주머니가 괴로워할 때마다 아저씨가 더 날뛰어서 아주머니를 참게 만들었다나. 결국 신경쇠약에 걸린 아주머니가 시름시름 앓다가 죽었다는 거다.

"그럼 문수의 복수를 아주머니의 남편이 대신해 주었다는 건가?"

의도하지는 않았지만 누가 대신해 주는 복수. 반전이 나쁘지 않다.

지금 시각은 9시 40분.

"독서실이나 갈걸."

비가 그치자 다시 더워졌다. 습하기까지 해서 에어컨 생각이 났지만 참았다. 혼자 있으면서 에어컨을 튼다는 건 우리 집 수칙에 어긋나는 행위다. 김민우가 쓸데없는 약속만 안 했어도 시원한 독서실에서 있다가 밤늦게 들어왔을 거였다. 여러모로 짜증이 났다. 선풍기를 강풍으로 눌러놓고 괴담 목록을 열었다. 아주 오싹한 괴담으로 고르려는데, 스마트폰에 진동이 울렸다.

드르륵.

김민우로부터 온 문자였다. 이제야 약속을 떠올린 건가? 너무 늦었다. 지금은 나오라고 사정해도 나가지 않을 거다. 그래도 장난은 아니었나 보네, 하고 문자를 터치했다.

김민우 ― 내가 미쳤냐? 너랑 영화를 보게.
어떤 남자가 너랑 영화를 보겠냐?

"아, 이 미친! 사람 열받게 하네."

당했다는 생각과 함께 후회가 밀려왔다. 왜 얘네가 나에게 장난칠 것을 한 번도 의심하지 않았을까? 얘네가, 맞다. 나는 이게 김민우와 메구들의 합작품이라고 생각한다. 이 시간까지 모여 앉아 낄낄거리고 있든지, 자기들만의 단체대화방에서 문자를 주고받든지, 하고 있을 것이다.

내가 너희들 장단에 놀아 주는 것은 여기까지. 답장 같은 건 안 쓴다. 답장이라도 보내면 김민우는 그걸 캡처해서 단체대화방에 올릴 것이다. 그러면 여섯 명이 이러쿵저러쿵 찧고 빻을 건 뻔한 일. 나에게 어떤 반응을 기대했다면 그건 오산이다. 내가 싸움은 못해도 쌩까는 건 잘하거든.

"이 오라질 놈!"

이럴 때는 이 욕이 제격이다. 김민우와 메구들은 무슨 뜻인지 모르겠지만. 외할머니한테 배운 욕은 메구들이 하는 쌍욕처럼 콱 쏘는 맛은 없지만, 속에 있는 화 덩어리를 위로 끌어올려 뱉어 버리는 맛은 있다. 외할머니는 진짜 많이 화났을 때 우라질이라고도 하는데, 잘못 들으면 브라질로 들려 오히려 욕 느낌이 덜 난다는 단점이 있다. 김민우는 오랏줄로 꽁꽁 묶어도 시원치 않을 놈이다.

　학원에서 있었던 일을 되짚어 봤다. 김민우가 나한테 왔을 때 내가 어떻게 했더라? 그 녀석이 시간 있냐는 둥 영화 보자는 둥 지껄였을 때, 내 표정이 걱정되었다. 좋아서 벌쭉 웃었을지도 모르고, 그 모습을 보고 김민우가 속으로 쾌재를 불렀을지도 모른다. 너쯤이야 하면서. 그러고 있는 것을 아이들이 봤을 수도 있다. 설마 내가 웃었을까? 아니지, 아니다. 내가 원래 시크한 스타일이라 좋아라 웃지는 않았을 거다. 다행인지 나노 슬림 테이프를 붙이기 전이었다. 나는 그때 특유의 비웃는 눈을 하고 있었을 거다. 하지만 김민우 스마트폰에 전화번호를 찍은 장면은 영 마땅찮다.

　"내가 미쳤지. 순순히 전번을 내주다니. 김민우가 뭐라고."

　나는 마치 괴담 음성파일을 되돌리듯 영어 수업시간 전으로 돌아가고 싶었다. 돌아갈 수만 있다면 김민우가 이따가 시간 어쩌고 할 때 이거 무슨 개수작이야, 하고 내지를 것이다. 전화번호 찍으라고 스마트폰을 내밀면 집어치우지 못해, 하고 김민우의 얼굴을 베일 듯 쳐다볼 것이다. 이제 와서 하나마나한 소리지만.

　"왜 나한테? 내가 지들에게 뭐 어쨌다고."

　내가 그 애들을 무시했나? 무시야 했지. 속으로만. 절대 겉으로 드러내지는 않았다. 속으로야 뭔 짓을 못 할까. 미운 사람을 수시로 죽일 수도 있는 게 사람 마음인데. 하지만 김민우나 메구들을 죽이고 싶을 정도로 미워하지는 않았다. 그저 거슬린다 뿐이지. 오히려 다른 아이들이 메구들을 더 싫어했을 거다. 5인조가 또 왔다면서 이런저런 핀잔하는 소리를 얼마나 많이 들었던가. 이를테면 이 학원에 다니지도 않으면서 매일 온다는 둥. 학원 원장은 왜 못 오게 막지 않냐는 둥. 중학생이 저러고 다녀도 되냐는 둥. 중학교 2학년인 김민우랑 어울리니까 대부분 중학생으로 알고 있었다. 다른 아이들은 메구들에게 들릴 정도로 크게 말할 때도 많았다. 나도 들었으니 메구들도 들었을 것이다. 못 들었다 할지라도 학원 아이들이 자기들을 달가워하지 않는다는 건 눈치채고도 남았을 것이다. 맹세코 나는 속으로만 욕했다.

'어떤 남자가 너랑 영화를 보겠냐?'

이 문장을 읽을 때 기분이 특히 더 나빴다.

"정말 열받네, 이거."

이런 말은 여자가 최악일 때 하는 말이다. 최악도 여러 종류인데, 그중 가장 유력한 것이 못생겼을 때다. 이는 아무리 부인하려 해도 맞는 말이다. 고로 나는 못생겼다는 거다. 적어도 김민우의 눈에는. 김민우와 메구들의 눈에는. 그걸 일반화해서 어떤 남자가, 라고 말해 버려 나를 더 최악으로 몰아넣고 있었다.

'내 비웃는 눈매 때문인가?'

학원 갈 때만큼은 나노 슬림 테이프를 붙였다. 물론 꼭은 아니지만. 오늘처럼 까먹은 날이 몇 번은 있었다. 그 몇 번 때문에 최악의 소리를 들은 걸까. 아니면 그 애들이 나노 슬림 테이프를 눈치챈 걸까. 이렇게 추측하고 저렇게 해석하는 나도 참 비루하다. 아무리 피해 가려고 해도 계속 따라붙는 진실 같은 게 하나 있음을 인정할 수밖에 없다.

"어쨌든 내가 그렇게 못생겼나?"

'나는 못생겼다.' 이 명제로 추리를 해 봤다. 메구들은 자기들을 달가워하지 않는 우리 학원 아이들이 거슬렸다. 그런데 김민우 팬 노릇을 하려면 안 올 수도 없는 노릇이다. 그러다 보니 누구를 하나 찍어서 맛보기로 골려 주고 싶었다. 그런데 마침 오이진이라는 아이가 걸렸다. 얘는 유난히 더 쏘아보는 느낌이다. 눈꼬리가 찢어진 데다가 한쪽 눈만 가늘게 뜬 눈매가 비웃는 것처럼도 보인다. 볼 때마다 큭큭거리고 웃는 모습도 기분 나쁘다. 게다가 비쩍 말라서 비리비리한 게 좀 만만해 보인다. 분풀이 한번 하고 싶었던 메구들은 김민우에게 오이진이라는 애를 한방 먹여 주라고 주문을 넣었고, 김민우도 그래 볼까 하고 나선 것.

내가 최악의 시나리오로 추리해 본 거지만 기분이 엉망이다. 더 기분 나쁜 것은 내 추리가 맞을 거라는 느낌 때문이다. 이럴 때 나는 어떤 입장을 취해야 할까? 없었던 일처럼 모른 척하는 것도 방법이다. 원래부터 김민우의 장난 같은 것에는 눈곱만큼도 관심 없었다는 듯. 그래야 일을 최소한으로 축소시킬 수 있다. 만약 그 일을 가지고 내가 들고 날뛰면, 이를테면 김민우에게 욕글이라도 보내거나 강의실에서 한바탕 싸움이라도 걸면 대번에 소문이 날 것이다. 이 사건이 여러 사람들의 입에 오르내리면 나만 더 굴욕적이지 않겠는가.

"왜 이렇게 더운 거야!"

오늘밤도 열대야인가 보다. 선풍기 앞으로 가서 얼굴을 들이밀었다. 열을 토해내듯 아, 하고 소리를 냈다. 또 아, 하고 입을 벌렸을 때 문자가 왔다.

엄마 ─ 집이니? 독서실이면 데리러 갈까?
지금 슈퍼 문 닫고 있거든.

벌써 시간이 그렇게 되었나. 11시 반이 넘었다.

나 지금 집. ─ 오이진

또 다른 생각이 비집고 들어왔다. 나랑 영화 보고 싶은 남자가 없다면 나는 연애도 못 하고 결혼도 못 하게 되는 걸까?

내가 비혼주의자이긴 해도 자의에 의한 것이 아니라 좋아해주는 남자가 없어서 비혼이 되는 거라면 문제가 다르다. 그건 좀 비참하다. 이런 생각을 골똘히 한다는 거 자체가 한심해 보이는데, 안타깝게도 벗어나지지가 않았다. '신랑감 찾기'까지 떠올랐다. 괴담에서 본 건데 자정에 화장실에서 칼을 입에 물고 거울을 보면 신랑감이 보인다나.

"김민우 그 자식이 나를 미치게 만드는구나."

곧 자정이다. 미쳤어, 미쳤어, 중얼거리면서도 기어이 주방에서 식칼을 가져왔다. 화장실로 들어갔다. 아마 괴담을 따라하는 사람은 나밖에 없을 것이다. 거울 앞에 차렷 자세로 섰다.

"55초, 56초, 57초, 58초."

12시 정각에 식칼을 입에 물었다. 감았던 눈을 떴다. 거울에 칼을 문 내가 나를 마주 보고 있었다. 순간 얼마나 놀랐는지. 하마터면 식칼을 놓칠 뻔했다. 다시 식칼을 반듯하게 앙 물고는 거울을 똑바로 봤다. 뒤쪽과 왼쪽 오른쪽을 잘 살펴봤다. 아무리 찾아봐도 식칼을 입에 문 나 외에는 아무도 보이지 않았다. 불을 꺼야 하나? 불을 끄면 너무 공포스러울 것 같았지만 이왕 하는 거 제대로 하자 싶었다. 화장실 불을 끄고 다시 거울 앞에 섰다. 깜깜절벽이었다. 그래도 뭔가 나타나기를 기다렸다. 식칼이 무거워 입이 아픈 데다 침까지 줄

줄 흘러내리고 있었다.

그때 현관 비밀번호 누르는 소리가 들렸다. 엄마와 아빠가
들어오고 있나 보다. 나는 얼른 화장실에서 나갔다. 재빨리
식칼을 주방에 갖다 놓으려 했는데, 이미 엄마 아빠가 현관
에 들어서 있었다. 아빠가 내 차림새를 보고 물었다.

"금방 독서실에서 온 거야?"

"그렇지 뭐."

어서 주방으로 가고 싶었다. 뒷걸음치려는데 엄마 눈이 반
짝 빛났다.

"뒤에 뭘 감췄어?"

"아냐. 아무것도."

"칼이잖아. 화장실에서 식칼로 뭐 했어?"

기어이 엄마가 주방까지 따라왔다.

"아, 그냥 괴담에서 본 거 흉내내 본 거야."

"뭐, 괴담?"

엄마가 어이없어 하는 표정을 짓는 걸 보고 얼른 내 방으
로 내뺐다.

내 기분은 좋아질 기미가 영 없어 보였다. 너랑 영화 볼 남자
가 있겠냐는 말부터 신랑감이 없을 지도 모른다는 생각까지.

오늘 밤 잠들기는 글렀다.

"아으, 괴담이나 한 편 듣자. 화끈한 걸로."

오늘도 새로운 괴담이 많이 올라와 있었다. '사이코패스의 외출' '머리카락 먹는 귀신' '매력알바'. 다들 제목도 참 잘 지었다. 한 편의 소설 못지않게 긴 이야기도 있었다. 무려 12챕터나 되었다. 지금 나에게는 너무 길지도 너무 짧지도 않은 걸로 오늘 기분을 싹 날려줄 쌈박한 괴담이 필요했다. 댓글평과 줄거리를 보고 선택하려다 마음을 바꿨다. 아무래도 괴담을 듣는 것만 으로는 분이 풀릴 것 같지 않았다.

"내가 직접 써야지. 내가 당한 굴욕을 쏟아부어서 막 내질러 버리자."

게시판으로 들어갔다. 무작정 글쓰기 페이지를 열고 손을 키보드 위에 올렸다. 하얀 제목 칸에서 커서가 반짝거렸다. 제목이 될 만한 말들을 떠올려 봤다. '어느 날 봉변' '메구들과 남학생' '외모 갑질 괴담'……. 썩 마음에 드는 제목이 생각나지 않았다. 제목은 비워 두고 커서를 아래로 내려 글쓰기 칸으로 건너갔다.

막상 글을 쓰려니 내 상상의 나래가 생각보다 넓게 펼쳐졌다. 남학생이 여학생에게 못된 짓을 했다고 직접적으로 쓰려던 것보다 더 나은 스토리가 떠올랐다. 김민우가 런웨이에서 망신을 당하는 이야기. 그게 더 통쾌할 것 같았다.

모델 지망생이 런웨이에 서게 되었다네.

척척 잘도 걷드만 돌아서 걸을 때는 왜 그랬어? 우당탕 넘어졌잖아.
빨리 일어나 다시 워킹하려고 애썼지만 에~ 헐. 미끄러운가 봐.
저쪽에서 덩치 큰 사람들이 뛰어오고요.
기어이 끌려가네요. 그렇게 자랑했던 긴 다리가 질질~~.

너무 짧은가. 다른 괴담들처럼 길게 쓰고 싶지만 더는 생각
나는 말이 없어서 여기서 이만. 글을 올리기 전에 제목을 써
넣었다. '오디션 괴담'. 괴담이라고까지는 할 수 없는 글이지
만 그래도 욕심을 부려 봤다. 글을 올리고 다시 불러내 읽었
다. 큭, 웃음이 나왔다. 김민우가 가장 공들이고 있는 런웨이
장에서 골탕 먹는 장면을 묘사한 건 참 잘한 일이다. 그 긴
몸이 우당탕. 오늘 당한 굴욕이 조금 씻기는 느낌이다.
　게시판을 열어 놓고 지켜봤다. '좋아요'가 한두 개 생기기
시작했다. 생각보다 속도가 빠르지는 않았다. 조금 더 기다렸
더니 댓글 하나가 생겼다.

　ㄴ동굴- 이게 괴담인가, 실수담인가. 너무 밋밋하넹. ㅜㅜ(방금)

　첫 댓글이 왜 이래. 글을 수정해야 할까 싶어 수정 버튼을
눌렀다. 뭘 어떻게 고쳐야 할지 몰라 잠시 멈칫하는데 또 하
나의 댓글이 달렸다. 수정 페이지에서 나가 댓글을 확인했다.

이름도 없이 모델 지망생이라고만 해서 감정이입이 안 된다는 내용이었다. 이름을 밝힐 생각은 하지 않았다. 그건 너무 조심스럽고 겁나는 일이다. 봉식이나, 칠복이처럼 김민우랑 느낌이 다른 이름으로 지을 수도 있지만, 별로 내키지 않았다. 그 대신 개뻑이라는 말을 두 번 집어넣어 수정했다.

└백빽 – 뭐지. 어쩌라구~~. 제목에 낚였어.(방금)

보기 민망한 댓글이 몇 개 더 올라왔다. 글의 종류가 뭔지 모르겠다는 둥, 어설퍼서 읽기 민망하니 지우는 게 어떻겠냐는 둥. 자기만족만으로 글을 쓸 일이 아니구나, 하고 생각하는데 시리즈를 언급한 댓글이 올라왔다. 시리즈로 쓰려고 기운을 비축하고 있냐는 거다. 그 댓글에 힘이 났다. 수정 버튼을 눌러 제목을 고쳤다. '오디션 괴담 1'로. 곧바로 역시 그렇군, 하는 댓글이 달렸다. 지금까지 올라온 댓글들이 트집 잡는 것 같고 꼬투리 잡고 늘어지는 것 같지만, 그래도 바로바로 반응이 오는 게 재미있었다. 이젠 그만 나가려는데 또 댓글이 올라왔다.

└찬돌 – 우리 학원 그 껀다리가 생각나네. ㅋㅋㅋㅋㅋㅋㅋㅋ 걔 진짜 별로인데. 언젠가는 한번 골탕 먹여 줄 생각.(방금)

순전히 상상력으로 쓴 글인데도 비슷한 경험자가 나오다니. 놀라웠다. 걔 진짜 별로인데, 이 말을 읽을 때는 짜릿하기까지 했다. 마치 내 편을 들어주는 것처럼. 찬돌이 내가 하고 싶은 말을 대신해 주는 것 같기도 하고.

"이런 복수도 나름 괜찮네. 큭."

성장기

눈이 부셨다. 방 안이 너무 환했다. 이불을 머리까지 뒤집어쓰고 몸을 애벌레처럼 웅크렸다.

"식탁에 아침 차려 놓았어. 일어나 먹어."

밖에서 엄마 목소리가 들려왔다.

"응."

몇 시지? 팔을 뻗어 더듬더듬 스마트폰을 찾았다. 전원 버튼을 누르니 방전이다. 스마트폰을 충전기에 꽂아 놓고 비몽사몽 몸을 일으켰다. 밤새 괴담을 틀어 놓고 잤나? 어떤 이야기를 들었는지 기억도 나지 않았다. 머리가 무거웠다. 이마를 짚어 보니 미열이 느껴졌다. 몸이 영 개운하지가 않았다. 한숨 푹 자고 일어나면 머리도 깨끗해지고 몸도 가벼워질 것 같았다. 다시 몸을 뉘어 눈을 감고 잠을 청했다.

또 엄마 목소리가 끼어들었다.

"학원 안 가? 오전에 가는 거 아냐?"

김민우 그 새끼. 학원 갈 생각을 하니 그 자식이 떠올랐다.

잠은 글렀다. 발끝에 걸쳐져 있던 이불을 걷어차고 일어났다. 식탁으로 가 앉으니 안방 문이 열렸다. 엄마가 얼굴만 내밀고 말했다.

"학원 몇 시에 가는데?"

"이번 주까지는 오후 5시. 다음 주부터는 오전 9시 30분."

"아직 방학 안 한 학교가 있구나. 그럼 어서 먹고 독서실 가."

안방 문이 닫혔다. 그리고 곧 노트북 키보드 두드리는 소리가 들렸다. 매일 뭘 그렇게 쓰는지. 요즘 주부들이 블로그에 광고 글 올려 주고 돈 번다고 하던데, 그런 일 하나? 나는 오늘 독서실도 안 가고 학원도 안 갈 생각이다. 학원은 아예 끊고 싶다. 내가 학원을 끊어 버리면 김민우 그놈이 자기가 벌인 그 야비한 짓을 떠벌리고 다니려나? 아주 맘 놓고 나를 비방하고 다니면 나를 아는 아이들 귀에도 들어갈 것이고, 그 애들은 재미있다고 웃겠지. 나를 별로 좋아하지 않는 애들이 조금 걸린다. 그런 애들이 서너 명쯤 되려나. 그 애들은 내가 자기들을 무시한다고 생각한다. 말을 안 건다고 그러는 모양이다. 내 비웃는 눈매 때문일지도 모르지만. 어쨌거나 그건 순전히 그 애들 자격지심이다. 나는 딱히 어울려 다니는 친구도 없고, 허물없이 수다 떠는 친구도 없다. 쉬는 시간에는 늘 이어폰을 꽂고 있기 때문에 나한테 말 거는 아이도 없다.

46

꼭 필요한 경우가 아니면. 그러니까 나는 사람 차별해 가면서 누구에게는 말을 걸고 누구에게는 말을 안 거는, 그런 사람이 절대 아니다. 어쩌면 그런 성격 때문에 2년 연속 반장으로 뽑혔는지도 모른다. 왠지 반 아이들에게 공평해 보이니까. 자격지심 있는 아이들 몇 명만 빼고. 어떻게 우리 반 아이들 전부가 나를 좋아할 수 있겠는가. 나를 싫어하는 사람이 과반수만 넘지 않으면 사는 데 별로 지장 없다.

식탁에는 삶은 계란과 삶은 고구마, 그리고 우유 한 컵이 차려져 있었다. 계란과 고구마를 보니 신물이 올라왔다. 지금 내 위장 상태로는 도저히 소화를 못 시킬 것 같았다. 우유도 자신 없었지만 다시 우유 통에 부어 놓기도 뭐해 마셔 버렸다. 냉장고에 계란과 고구마를 넣어 놓고 내 방으로 들어왔다. 씻어야 하는데, 하면서도 몸이 움직여지지 않았다. 자꾸만 몸이 늘어졌다.

"왜 이렇게 기분이 나쁘지?"

침대에 누웠다. 안 예쁘다는 것이, 이렇게 사람을 기죽게 만드는 건가? 착잡하고 암담해졌다. 아무것도 하고 싶지 않았다. 멍하니 축 늘어져 있으니까 자꾸만 기분 나쁜 늪에 빠져들었다. 기분 나쁜 생각의 고리를 끊어 내야 하는데……. 이럴 땐 괴담이 딱인데, '오디션 괴담 1'은 어떻게 되었을까? 스마트폰 충전은 겨우 10퍼센트, 그래도 이 정도면 깨울 수 있지. 충전기에 꽂은 채 전원 버튼을 눌렀다. 괴담 채널에 들어갔더니 최근 들은 목록에 '11층 할머니와 벌레'가 떴다. 들은 시간은 오늘 새벽 3시다. 이 괴담이 나올 때쯤에 잠 들었는지 내용은 기억나지 않았다. 다음에 다시 듣기로 하고 게시판으로 들어갔다. 밤새 새로운 글이 많이 올라와 '오디션 괴담 1'은 뒤로 한참 밀려나 있었다. '좋아요'가 고작 20개이고, 새로 올라온 댓글도 없다.

"좋아요 한 번 누르는 게 뭐가 힘들다고. 너무들 하네!"

스마트폰을 끄고 바로 누웠다. 즉흥적으로 막 쓴 글임에도 반응이 시원치 않으니 기분이 가라앉았다. 혹시나 했는데 역시나. 뭐 되는 일이 하나도 없구나. 약 올라 죽겠다.

"이진아, 또 자는 거야?"

엄마가 또 말을 걸어왔다. 이런 날은 좀 내버려 두면 좋으련만. 이제는 내 방으로 오고 있는 눈치다. 점점 발소리가 가까워진다 싶더니 결국 방문이 열렸다.

"나 오늘 쉬고 싶어."

"어디 아파?"

"응. 열도 나고 컨디션도 안 좋아."

엄마가 손등을 내 이마에 댔다.

"괜찮은 것 같은데? 열은 없어."

"더위 먹었나 봐."

"잘 때 더웠니?"

"몰라."

"독서실도 학원도 시원하지?"

"응. 집만 더워."

"그러니까 시원한 독서실에서 공부하다가 학원 가면 좋을 텐데."

엄마는 나를 집에서 쫓아내고 싶은가? 내가 집에 있는 꼴이 보기 싫으면 엄마나 슈퍼에 나갈 일이지. 집에서 블로그만 들여다보고 말이야. 그것도 일이라면 일이랄 수 있겠지만, 아빠 혼자 슈퍼에서 하루 종일 일하는데 엄마는 오후 늦게나 되어서야 나가 보잖아. 그거 너무한 것 아닌가.

"좀 나가 주면 안 돼?"

엄마가 에이그, 하더니 아예 침대에 걸터앉았다. 나갈 생각이 없나 보다. 더 누워 있으려던 계획을 접고 일어나 앉았다.

"요즘 엄마들이 힘들다고 난리더라. 너네들 비위 맞추기 힘들대. 중2라서 그런가?"

누가 무슨 말을 했기에. 엄마들은 모이면 자기 자식 이야기를 터놓고 공유하나 보다. 우리 엄마도 그럴까? 글쎄 우리 이진이가 외모에 부쩍 관심이 많아졌지 뭐예요. 요즘은 쌍꺼풀 테이프를 붙이고 다니나 보더라고요. 이러면서 깔깔깔 웃는다면, 그건 정말 최악이다. 엄마를 믿고 털어놓았는데, 해

결은 안 해주고 수닷거리로 삼는다면. 그런 생각이 드니 더더욱 아무 말도 하고 싶지 않았다.

"독서실 가야지, 갈게."

책상으로 가 가방을 열었다.

"안 씻어? 씻고 가야지."

"알았어. 알았다고."

김민우에게 당한 이야기를 하면. 아, 그건 엄마도 충격 받을걸. 엄마 딸이 그런 취급을 당했다고 생각하면 하늘이 무너질 거다. 나나 되니까 견디는 거라고. 그런데 좀 이상하다. 엄마라면 이맘때 여자애들에게 어떤 일이 일어나는지 알 텐데. 대충 감 잡지 않나? 엄마도 학교 다닐 때 비주류에 속했을 비주얼인데 말이다. 정말 모를까? 나 안 예뻐서 모욕당했어. 성형하고 싶어. 내 입으로 이런 말을 하기 전에 엄마가 알아서 움직여 주면 얼마나 좋을까.

"어떤 애는 성형해 달라고 난리라더라."

내 마음을 읽기라도 한 것처럼 엄마가 툭 말했다.

"누가?"

"성형은 아무 때나 하니? 열다섯 살이면 한창 성장기라 성형은 안 돼."

묻는 말에 대답은 않고 안 된다는 말부터. 말 꺼내기도 전에 거절당한 기분이다.

"왜 안 돼? 부모 닮아서 못생긴 건데 애프터서비스를 해 줘야지. 부모로서 당연히."

엄마가 하, 웃더니 말했다.

"오늘 우리 이진이가 예민하구나?"

"그게 누구야?"

다시 한 번 물었다. 짚이는 아이가 있는데 그 애가 맞는지 궁금했다.

"한두 명이 아냐. 다들 조금씩은 불만이 있나 보더라."

"정효정?"

"……"

엄마가 말없이 웃기만 했다.

정효정이? 정효정은 내가 은근히 눈여겨보는 아이다. 나랑 공감하는 부분이 있을 것 같은 외모이기 때문이다. 바로 그 부분에 대한 별명도 있고. 어딘가에서 나도 비슷한 별명으로 불리고 있는지도 모를 일이다. 별명도 별명 나름이긴 하지만, 외모의 단점으로 지어진 별명은 듣기 매우 거북하다. 당사자나 옆에서 듣는 사람이나. 특히 당사자가 싫어하면 대놓고는 못 부르고 뒤에서만 불리곤 하는데, 그렇게 되면 생명력을 얻지 못해 슬그머니 사라지는 경우도 있다. 정효정은 달랐다. 새우, 새우젓, 새우눈, 주로 새우가 들어간 별명으로 불리는데도 별로 싫은 내색을 하지 않았다. 어떤 때는 스스로 나는 새우눈이니까, 하고 말할 때도 있었다. 그러면 아이들은 재미있어 하며 맘 놓고 새우라고 불렀다. 나는 그런 정효정을 매우 자존감이 높다고 평가했다. 내가 그 장면을 보기 전까지는.

국어 과제를 걷어 선생님 책상에 놓고 오는 길이었다.

"아, 씨발. 미친년들!"

교무실이 있는 교사와 우리 반 교실이 있는 교사 사이에 꽃밭이 있는데, 그쪽에서 정효정 목소리가 들렸다.

"개 같아. 찢을 수도 없고. 아우 짱나!"

두 번째 욕은 자신에게 하는 것 같았다. 마치 발버둥치듯 실내화 뒤꿈치로 땅을 박박 긁어대기까지 했다. 정효정이 폭발하기 전, 그러니까 10분 전쯤 교실에서 일이 있었다. 이명진은 유난히 정효정을 새우라고 불렀는데, 아마도 자기 눈에 자신이 있어서일 거다. 크기로만 따져도 확실히 우세하니까. 자기 딴에는 새우젓보다는 새우가 어감이 더 좋다면서 그것도 배려라고 생색을 낼 때도 있었다. 좀 전에도 이명진이 정효정을 새우라고 부르며 국어 과제를 보여 달라고 했다. 국어 과제는 단편소설을 10컷 만화로 표현하기였는데, 정효정이 해 온 과제를 참고하여 조금 바꿔서 쓰겠다는 거다. 정효정은 그림을 좀 그리는 편이다. 착한 정효정은 싫다는 말을 못 하겠던지 자기 파일을 건넸다. 그러면서 똑같이 베끼면 안 돼, 하며 그 특유의 미소를 지었다. 입꼬리가 올라가는 바람에 볼살이 밀려 눈이 더 찌그러져 보이는. 그 모습을 보고 이명진이 또 그랬다. 그렇게 뜨니까 진짜 새우 같다고. 나는 이 폭력적인 상황을 도저히 보고 있을 수 없었다.

"국어 과제 지금 걷을 거야. 국어 선생님이 점심시간까지 가져오랬어."

이명진이 정효정의 과제 파일을 책상에 내려치더니 말했다.

"반장. 좀 기다려 주면 안 돼?"

나는 정효정 파일부터 집어 들었다.

"과제 안 한 사람은 나중에 각자 따로 내."

그러자 아이들이 너도나도 과제를 가져왔고, 나는 바로 교무실로 향했다.

정효정은 좀 더 분을 삭이고 올 생각인지 계속 땅을 박박 긁고 있었다. 교실에 왔더니 이명진이 곱지 않는 눈으로 나를 쳐다봤다. 내가 없는 사이에 내 욕을 했을 것이다. 내 별명도 지었을지 모른다. 나는 속으로 오라질, 염병할, 썩을, 이라고 욕을 했다. 속에서부터 끌어올리듯 오라질. 침을 뱉듯 염병할, 찍어서 바스러뜨리듯 썩을.

엄마에게 기습적으로 물었다.

"효정이 엄마는 효정이 성형 안 해준대?"

"쌍꺼풀 수술은 서두를 필요 없어. 나중에 생길 수도 있거

든. 효정이 엄마도 스무 살 넘어서 쌍꺼풀이 생겼대. 효정이
도 자연스럽게 생길 거라고 생각하는 것 같아."

정효정 엄마에게 서운해졌다. 해 주지도 않을 거면서 엄마
들에게 까발리면 어쩌라는 건지. 엄마들이 지금 우리 엄마처
럼 자기 자식에게 말할 것이고, 그 자식들은 모여 수다를 떨
텐데. 정효정은 자기가 외모 때문에 스트레스 받는다는 사실
을 친구들에게는 숨기고 싶었나본데. 그러니까 그동안 각고
의 노력으로 표정 관리를 하고 있었던 건데. 믿었던 엄마가
정효정의 속내를 털어 소문내 놓은 꼴이라니. 딸 마음을 몰
라 주는 정효정 엄마. 이 아줌마 진짜 별로다.

"효정이는 그런 소문나는 거 싫을 텐데, 걔네 엄마는 다 말
하고 다니나 봐."

"아, 아냐. 애들 키우면서 이런 일 저런 일 서로 의견 교환
하는 차원이지."

엄마가 뜨끔했는지 말을 더듬었다.

"내가 효정이 엄마라면 쥐도 새도 모르게 수술해 주었을
거야. 가능하면 빨리."

"지금은 성장기잖아. 공연히 한창 크는데 몸에 칼 댔다가
부작용이나 생기지. 기껏 쌍꺼풀 수술했는데 나중에 커서 짝
짝이가 될 수도 있대. 그래서 재수술하는 사람 많이 봤어."

짝짝이? 그 말이 내 가슴에 꽂혔다. 내 눈은 지금 짝짝이

지 않은가. 이때다 싶어 내 이야기를 할까 했는데 엄마가 틈을 주지 않았다.

"중요한 건 너희들 모습이 나중에 어떻게 변할지 모른다는 거야. 한 달 전보다 네 키가 3센티미터나 자란 것처럼."

엄마 입에서는 끝까지 성형에 대한 긍정적인 말이 안 나왔다.

"나중에 커서도 쌍꺼풀 안 생기면 해 주긴 할 거래?"

"해 주겠지. 요즘 엄마들 그렇게 꽉 막힌 사람 없어. 자기 딸이 예뻐진다는데 왜 안 해 주겠니?"

"정말?"

못 참고 목구멍까지 올라와 대기하고 있던 말을 해 버렸다.

"나도 성형할 거야."

"응?"

엄마가 뜨악한 표정을 지었다.

"나 오른쪽만 쌍꺼풀이 졌잖아. 애들이 내가 비웃는 것 같대."

"설마……."

"엄마도 내가 쳐다보면 반항하는 걸로 보면서."

"어머, 아냐. 절대."

"나는 지금 짝짝이라고. 그러니 당장 성형을 해야 해."

엄마가 할 말을 잃은 듯 내 눈만 빤히 들여다봤다.

"요즘은 중학교 때 하는 애들도 많아. 생리하기 시작하면 키 거의 다 자란 거래."

"성장이란 게 키뿐이겠어? 눈, 코, 입도 자라고 있는 거야. 스무 살 얼굴이 열다섯 살 얼굴이랑 같니? 다르잖아."

"언제까지 기다려야 해? 스무 살까지? 그럼 내 10대는 죽을상을 하고 살아야 하는 거야? 완전 구려. 개구려. 정말 엄마 너무한 거 아냐?"

"우리가 갑자기 왜 이런 말을 하게 된 거니?"

"갑자기가 아냐. 엄마는 계속 생각하고 있었어야지. 도대체 엄마는 뭐 하는 거야? 나한테 그렇게 관심이 없어? 무조건 공부만 잘하면 다야? 내 자존감은 어쩌고."

어쩔 줄 몰라 하는 엄마를 밀어내고 방문을 닫았다.

"빨리 병원 예약해. 안 그러면 나 방 밖으로 안 나갈 거야."

이렇게까지 세게 나갈 생각은 아니었는데 어쩌다 보니 여기까지 왔다. 사람 일 한 치 앞을 모른다더니, 정말 그랬다. 엄마 말마따나 갑자기 몰아친 꼴이 되어 미안하긴 하지만. 지금쯤 엄마는 생각이 많을 것이다. 엄마에게는 내 말이라면 딱 자르지 못하는 아킬레스건 같은 게 있다. 외할머니에게 나를 맡긴 5년여의 세월이 그거다. 나는 나름 잘 지냈지만 엄마는 미안해했다.

"이진아."

얼마 안 있어 엄마가 불렀다. 나는 다음 말이 나올 때까지

가만히 있었다.

"나갈 준비해. 병원에 예약했어."

아니, 벌써? 어디에 예약했기에. 엄마가 예약한 병원은 고작 우리 슈퍼 3층에 있는 성형외과다. 서울 강남쯤은 가 줘야 하는데. 그래도 그 병원 이름에는 강남이 들어갔다. 강남피부성형외과. 엄마는 3층에 성형외과가 있는 줄 몰랐다고 했다. 피부과인 줄만 알았나. 어쩌면 그러지? 내가 엄마라면 성형이라는 글자가 보이면 눈여겨 봤을 텐데. 딸 때문이아니라 자신을 위해서라도. 솔직히 엄마가 성형의 도움이 전혀 필요 없는 미인이라면 몰라.

강남성형외과에서는 별로 만족스러운 답을 얻지 못했다. 엄마가 했던 말이 완전히 틀린 말은 아니었다. 성장기라는 것이 가장 큰 걸림돌이었다. 원장님은 내 손목을 만져 보더니 성장판이 닫히려면 얼마나 남았는지 사진을 찍어 보자고 했다. 결과는 내가 앞으로 자랄 키가 아주 많이 남았다는 거다. 그리고 조금 마음에 드는 말도 했다. 사람은 균형 있게 자라려는 본능이 있다나. 그래서 나중에는 한쪽 눈에도 쌍꺼풀이 생기고 말 거란다. 그 사실을 입증하듯 둥글게 휘어진 가느다란 스테인리스 막대기를 내 왼쪽 눈꺼풀에 대고 살짝 눌렀다.

"거봐. 이렇게 쉽게 생기는 걸 보니 오래지 않아 저절로 생기겠어."

원장님이 대 준 거울 속에 내가 보였다.

"계속 이러면 좋은데……."

바람과 아쉬움으로 거울을 보고 있다가 나도 모르게 눈을 한 번 깜박했다. 여지없이 쌍꺼풀이 지워졌다. 아, 이 낭패감. 원장님이 특별한 도구로 만들어 준 쌍꺼풀은 좀 다를 줄 알았더니.

"좀 더 지내다가 정말 스트레스 받아서 못 살겠으면 그때 다시 와."

"좀 더라면 얼마나 있다가요?"

"적어도 중학교는 졸업해야지. 그전에 쌍꺼풀이 생길지도 모르겠다."

저절로 생길지도 모른다니 수술해 달라고 고집을 피울 수도 없었다. 엄마가 거봐, 하더니 나를 툭툭 건드렸다. 어서 일어나 나가자는 뜻이다. 막 문을 밀고 나가려는데 원장님이 엄마를 불렀다.

"이진이 어머니."

원장님이 엄마만 남고 나더러는 나가 있으라고 했다. 엄마가 내가 앉았던 스툴로 가 앉고 나는 나왔다. 왜 그러지? 찝찝하게 왜 나 없는 데서 말하는 걸까? 눈보다는 다른 곳을 고치라고 말하려나? 여드름이 많으니까 피부 관리를 하라고 할지도 모르겠다. 비쌀 텐데. 혹시 가격표가 붙어 있나 싶어 병원 안을 둘러보고 있을 때 엄마가 나왔다.

병원을 나와 걸으면서 엄마가 말했다.

"나 보고 쌍꺼풀 수술하래. 비포와 애프터 사진 공개하면 반값에 해준다네."

아, 이건 또 무슨. 나에 대한 부정적인 말이 아니라서 다행인데 왠지 불공평했다.

"어른들은 좋네. 성형하고 싶으면 얼마든지 할 수 있어서."

"됐다. 난 안 한다. 내가 그거 할 시간이 어딨어?"

"엄마가 뭐가 그렇게 바빠? 슈퍼도 저녁에만 출근하면서."

"난 외모 상관 안 해. 어디 아프지만 않으면 되지, 뭐."

엄마는 쌍꺼풀은커녕 두꺼운 안경을 끼고도 저리 당당하다.

"근거 없는 자신감."

내가 못 참고 말했다. 의외로 엄마가 조용했다. 슬쩍 엄마를 보니 무슨 말을 하려는 듯 입술을 달싹거렸다. 그러더니 나도 노는 거 아냐, 하고 작게 읊조렸다. 아, 알죠. 블로그, 아니면 인터넷 서핑, 쇼핑, 뭐 그런 거 하겠죠. 이럴 때 보면 우리 엄마도 은근히 자존감이 강하다니까. 자존감 강한 사람은 강하게 잘 살고, 나는 자존감이 땅바닥에 떨어진 것 같으니까 고개 숙이고 걷는다.

매력 알바도 외모를 봐

어제는 학원을 결석했다. 병원에서 나와 곧바로 독서실로 갔고, 거기서 빈둥거렸다. 학교나 학원을 결석해 본 적이 없는 나인지라 마음의 부담이 좀 있었다. 아빠 생각까지 났다. 비싼 학원비를 대주기 위해 불철주야 일하는 우리 아빠. 엄마는 아빠만큼 열심히 일하지 않으니까 이 부분에서는 뺀다.

'아빠를 실망시키면 안 되는데……'

그런데 오늘도 마음이 회복되지 않았다. 엄마 눈치 보기가 힘들어서 독서실에 오긴 했지만, 학원에 가고 싶지 않다는 생각이 나를 괴롭혔다. 둘러댈 핑곗거리 뭐 없나? 어제는 몸살 났다고 했으니, 오늘은 아직도 몸살 기운이 있다고 하면 되려나. 아니면 휴가 여행 중이라고 하고 이번 주는 쉬겠다고 하면. 막 대 본 거지만 나쁘지 않아 보였다. 어차피 다음 주부터 새로 들어올 아이들 때문에 본격적인 진도는 나가지 않고 있는 상황이니까.

'진짜 다 귀찮고 싫다.'

학원을 끊어 버리는 건 어떨까. 솔직히 마음 같아서는 김민우나 메구들을 만나지 않을 수 있다면야 하루 이틀 결석 정도가 아니라 아예 끊어 버리고 싶다. 하지만 그건 도발이다. 초등학교 6학년부터 줄곧 이 학원만 다녔고, 다니는 동안 한 번도 군소리하지 않은 나였다. 게다가 엄마는 내 성적이 좋은 건 이 학원의 탄탄한 커리큘럼 덕이라고 생각하고 있다. 끊는다고 하면 난리 나겠지. 꼬치꼬치 캐물으면 더 골치 아파.

'에라. 모르겠다. 이 기분에 공부는 무슨.'

괴담 사이트로 들어갔다. '오디션 괴담 1'은 별반 달라진 게 없다. 조회 수만 조금 늘었다. 이쯤에서 '오디션 괴담 2'를 올려야 하나. 오디션장에서 있을 만한 일을 상상해 봤다. 또 스토리 하나가 퍼뜩 떠올랐다.

모델 지망생 개빽이 오디션장에 갔을 때 아무도 없는 거다. 너무 일찍 왔구나, 하며 런웨이에서 혼자 연습을 한다. 턱을 당겨 목을 똑바로 세우고 다리는 쭉쭉 뻗으며 팔도 힘차게. 시간이 꽤 지났는데도 사람들이 오지 않는다. 시간과 장소를 잘못 알았나? 갑자기 불까지 꺼진다. 개빽이 문 쪽으로 뛰어간다. 하지만 깜깜한 오디션장에서 문을 찾기가 힘들다. 이리 부딪히고 저리 부딪힌다. 그러던 중 뭔가 떨어지는 소리가 툭툭툭. 돌돌돌 굴러가는 소리. 개빽이 당황하여 서두르다 찍, 하고 몸에 물세례를 받는다. 누군가 마시고 남긴 물병을 밟은 거다. 아랫도리가 푹 젖는다. 마무리는 김민우의 평소 말버릇대로 아이 씨, 하고 끝낸다.

'물병은 좀 약한가. 석류 주스나 커피로 바꿀까. 일단 써 보고.'

'오디션 괴담 2'는 '오디션 괴담 1'보다는 글이 좀 길게 나왔다. 김민우가 모델 지망생이라는 것만 가지고도 이런 이야기를 뽑아내다니. 완전 작가라니까. 도대체 누구의 유전인자를 받아서 내가 이렇게 상상력이 풍부한 걸까? 재미난 욕을 잘 구사하는 외할머니를 닮았나.

'이러고 노는 것도 재밌네.'

어떤 반응이 올까 기다리면서 이어폰을 귀에 꽂았다. 새로 올라온 괴담이 많았다. 어차피 다 들을 거라 오래된 것부터 듣기로 했다.

제목은 '매력 알바'.

주인공 이름은 진소리다. 진소리는 시급 9,620원짜리로는 고시원 월세와 생활비를 감당 못 하겠다는 하소연을 한다. 게다가 대학 때 학자금 융자까지 받았다고 했다. 그것만 해도 2,000만 원이 넘는다나. 돈 많이 주는 알바를 찾던 진소리. '매력 알바 급여 협상 가능'이라는 광고를 보게 된다. 진소리는 시급 9,620원이라고 딱 못 박은 데하고는 느낌이 다르다고 생각했다. 제목처럼 매력적이게 많이 줄 것만 같다. 돈만 많이 주면 어렵고, 위험하고, 더러운 일이라도 괜찮다. 용모 단정한 20대 여자, 이 조건도 좋았다. 용모 단정한 사람에게 어렵고, 위험하고, 더러운 일을 시키지 않을 거라는 기대도 살짝 들었다. 진소리는 곧바로 전화를 걸었다. 전화 받은 사람이 사진을 요구했다. 얼굴과 전신사진을. 진소리는 폰에 저장된 사진 중에 가장 예쁘게 나온 걸로 전송해 주었다. 오래 기다리지 않아 연락이 왔다. 일단 외모는 합격. 그런데 그쪽에서 한 가지 주문이 있다고 했다. 가능하면 검정색 정장을 입고 와야 한다는 거다. 진소리는 한 벌 있는 면접용 정장을 떠올리며 다시 한 번 믿음직스럽게 예, 하고 대답한다.

한창 재미있게 듣고 있는데 눈이 시계로 갔다. 학원 갈 시간을 몸이 기억하고 있는 것 같았다. 다시 고민했다. 갈까 말까. 갈등하는 동안 '매력 알바' 내용을 놓쳤다. 30초 되돌리기를 했다. 진소리는 정장을 입고 이만하면 용모 단정하지, 하고 혼잣말을 했다. 오늘은 학원에 가야 할 것 같다는 생각이 비집고 들어왔다. 나 하나 잘 키우려고 새벽부터 밤늦게까지 일하는 아빠를 생각해서라도. 마음이 많이 누글누글해졌다. '오디션 괴담'을 쓰면서 어느 정도 힐링이 되었는지. 진소리는 무슨 일이기에 돈을 그렇게나 많이 주나, 하고 설레고. 나는 가방 앞주머니에서 나노 슬림 테이프와 손거울을 꺼냈다.

손거울을 가방에 기대어 놓고, 늘 하던 대로 나노 슬림 테이프를 떼어 왼쪽 엄지손톱 위에 올려놓았다. 손거울에다 오른쪽 눈을 맞추고, 오른쪽 엄지와 검지로 나노 슬림 테이프의 끝을 잡았다. '매력 알바'가 또 흘러가 버렸다. 끝까? 하지만 매력 알바가 어떤 아르바이트인지 궁금해서 그럴 수가 없었다. 30초 되돌리기를 해 놓고, 오른쪽 눈꺼풀로 나노 슬림 테이프를 가져갔다. 진소리는 일할 곳을 물었고, 그쪽에서 주소를 불러 주었다. 충청도의 시골 마을이다. 이번에는 눈꺼풀 끝에서 1밀리미터 안쪽에 붙여야 하는 왼쪽 눈이다.

'정확히 1밀리미터.'

숨죽이고 신중하게. 진소리는 주소를 읽으며 너무 멀다고 망설였다. 하지만 교통비 빼고도 어쩐지 많이 남을 것 같다며 가기로 결정했다. 나노 슬림 테이프를 붙이고 보니 오른쪽과 균형이 안 맞았다. 다시 떼어 신중하게 1밀리미터 안으로 들여 붙였다. 다행히 접착력이 좋아서 들뜨는 부분이 없었다. 성공. 나는 독서실에서 나왔고, 진소리는 떠날 준비를 했다. 내가 닭꼬치를 먹으러 대박 닭 꼬칫집에 들어갈 때, 진소리는 기차를 탔다. 닭꼬치를 주문하는 동안 잠깐 못 들었다. 아주머니가 새로운 소스가 나왔는데 그걸 발라 줄까, 하고 물었기 때문이다. 나는 그러라고 하고 기다렸다. 진소리는 지금 산골 외딴집으로 들어가고 있다. 못 들은 부분은 외딴집에 도착하기까지의 내용일 거다. 그대로 직진하기로 했다.

닭꼬치를 먹는 동안은 제법 오랫동안 이어폰 소리에 집중할 수 있다.

"어서 오세요, 진소리 씨. 저는 알바 중개인입니다."

중년의 남자는 진소리를 위아래로 훑어봤다.

"제가 무슨 일을 해야 하나요?"

"저를 따라오시죠. 진소리 씨는 옆방에서 일하면 됩니다."

진소리는 옷매무새를 다듬으며 중개인을 따라갔다.

거기에는 침대가 하나 놓여 있었다. 진소리는 선뜻 방 안으로 들어가지 못했다. 중개인이 이상한 일 아니라며 진소리를 안심시켰지만 어쩐지 불안했다. 그때 아주머니가 진소리의 등을 밀며 방으로 들어왔다.

"아가씨, 정말 예쁘군요. 요즘은 사진을 믿을 수가 있어야지. 뽀샵을 잔뜩 해 놓고 프로필이라고들 하니 원."

아주머니가 말하자 중개인도 거들었다.

"이 아가씨는 인물이 좋네요. 맘에 드시죠?"

수업 시간이 가까워졌다. 김민우에게 노출되는 시간을 최대한 줄여야 하므로, 강의실에 들어가자마자 바로 수업이 시작되도록 조정하며 걸었다. 대박 닭 꼬칫집에서 나와 횡단보도를 건널 때, 괴담 속 아주머니가 말했다. 침대에 누워 있는 사람은 자기 아들이라고. 그제야 진소리는 거기에 사람이 있다는 걸 알았다. 아들이 사경을 헤매고 있는데, 죽으면 그때부터 진소리가 할 일이 있다고 한다. 시계를 보니 수업 시작 5분 전이다. 나는 좀 더 밖에서 서성이며 '매력 알바'를 들었다. 아주머니는 하나도 긴장할 것 없다면서 자기 아들이 죽으면 몸을 닦아 주면 된다고 한다. 뭐라고요? 진소리가 놀라 외쳤다. 나는 시신 닦는 아르바이트도 있나, 하고 생각했다. 그런 건 상상도 못 했던 일이다.

"헐, 완전 깜놀!"

사람이 죽었는데 무슨 목욕. 말로만 듣던 염습이라는 건가. 아니 그런데 왜 그런 일을 알바생에게 시키지? '매력 알바'에 집중하며 계단을 올랐다. 복도에 또 메구들이 있었다. 메구들은 무슨 걱정거리가 있는지 표정들이 다 어두웠다. 김민우에게 무슨 일이 생긴 모양이었다. 이 애들은 그제 있었던 일은 까맣게 잊었는지 나를 보고도 본체만체했다. A반 강의실로 들어갔다. 김민우 자리는 비어 있었다. 나는 늘 앉던 자리로 가 앉았다. 메구들 때문에 '매력 알바'를 못 들었다. 진소리가 택시를 탔는데, 왜 그랬는지 앞부분을 놓쳐서 모르겠다. 집중은 물 건너갔다. 이어폰을 뺐다. 칠판을 보고 있자니 박찬석이 앉았던 자리로 눈이 갔다.

'박찬석이 결석했네?'

잘됐지, 뭐. 오랜만에 본 초등 동창에게 그런 창피한 꼴을 보였으니. 아, 완전 개쪽. 그 생각을 하니 또 얼굴이 화끈 달아올랐다. 오늘 하루만이 아니라 아예 학원을 끊은 거면 좋겠네. 그런데 좀 이상하다. 박찬석은 하루 나오고 안 나올 그런 불성실한 아이가 아니다. 그 사이 변했나. 대기만성 박찬석. 박찬석은 대기만성형이다. 5학년 때인가, 한창 한자 공부를 할 때였다. 사자성어를 쉽고 재미있게 외우기 위해 나는 아는 아이들과 사자성어 연결시키기를 했었다.

이를테면 수영대회에서 금상을 타고 온 김수희는 금의환향, 3대 독자라며 수시로 학교를 드나들던 할머니를 둔 한준희는 금지옥엽, 4학년 때까지 구구단을 버벅대던 고성아는 목불식정, 우이독경, 마이동풍, 칼로 책상에 흠집을 내던 5학년 때 짝 추소영은 각주구검, 이런 식이었다. 박찬석은 숙제와 일기를 꼬박꼬박 잘해 오는 아이였다. 성적은 좋지 않았지만 언젠가는 그 성실성이 빛을 발할 날이 있을 거라는 기대가 가는 아이였다. 그래서 대기만성. 메구들은, 언뜻 떠오른 게 경국지색? 내가 미쳤지. 나는 얼른 그 말도 안 되는 생각을 지우고 제대로 된 사자성어를 찾았다. 구상유취, 언어도단, 하우불이 등등.

'김민우는 기고만장.'

호랑이도 제 말하면 온다더니 김민우가 강의실로 들어오

고 있었다. 그런데 저 모습은 뭐지? 김민우가 발목에 깁스를
하고 있었다. 웬일이지? 설마 런웨이에서 넘어지기라도 한 건
가? 이렇게 바로 벌 받으면 내 기분이 너무 좋잖아. 나는 웃
음을 머금고 메구들을 봤다. 그 애들은 강의실 문에 몸을 반
쯤 들인 상태로 김민우를 바라보고 있었다. 매우 걱정스러운
표정으로. 자리에 앉은 김민우는 스마트폰만 열심히 내려다
봤다. 한참 동안 스마트폰 화면을 노려보더니 이번에는 키패
드를 눌렀다. 어디다 글을 쓰는 것 같았다.

"아, 씨!"

김민우가 소리를 내지르는 통에 얼른 시선을 거두었다. 애
는 꼭 반쪽짜리 욕을 한다. 딴에는 연예인이라고 욕을 참는
눈치였다. 이를테면 이미지 관리인 셈이겠지. 이미지 관리를
제대로 하려면 나한테 그런 짓은 하지 말았어야지. 김민우는
영어 수업이 시작되기 전까지 계속 스마트폰만 보고 있었고,
영어 수업이 끝나고는 머뭇거리지도 않고 강의실에서 나갔다.
김민우, 괘씸하다. 어떻게 나한테 미안하다는 말을 안 할까?

'에라, 이 나쁜 놈아, 물벼락이나 맞아라.'

나는 수학까지 마저 듣고 학원에서 나왔다. 걸으면서 '오디
션 괴담 2'를 확인했다. 이 글도 인기가 별로 없었다. 댓글이
대여섯 개 달렸는데 다 시원치 않았다. 어설프다, 이게 괴담
이냐, 수위를 높여라 등등. '오디션 괴담 1'에서 솔깃한 댓글

을 달아 주었던 찬돌만큼은 기대를 저버리지 않았다. 점점 흥미진진하다면서 생수병을 밟을 게 아니라 콜라 캔이면 더 대박인데, 라고 썼다. 아랫도리가 누리끼리하게 젖으면 더 좋긴 하겠다. 오줌 싼 것 같고. 슈퍼쾌남이 너는 누구냐, 라고 썼다. 이런 댓글은 무시해도 되고. '오디션 괴담 1'은 10페이지나 뒤로 밀려나 있었다. 이 게시판에 글 올리는 사람이 이렇게 많은가, 새삼 놀랐다. 이미 기대를 버린 마음으로 '오디션 괴담1'을 열었다. '좋아요'나 조회 수는 어제나 오늘이나 별반 달라지지 않았는데 댓글이 하나 생겼다. 슈퍼쾌남이 여기에도 댓글을 올렸다.

고작 한 글자, '흠!'. 슈퍼쾌남이 누군지 모르지만 참 싱겁네.

내 발길은 집으로 향하고 있었다. 후텁지근한 집보다는 독서실이 훨씬 낫긴 한데, 종일 앉아 있었더니 이젠 좀 침대에 허리를 펴고 눕고 싶었다. 이어폰을 귀에 꽂았다. '매력 알바'를 1분쯤 앞으로 되돌렸다. 아주머니가 말했다. 이 일을 하면 돈을 더 주겠다고. 50만 원을 더 얹어 준단다. 진소리가 그래도 싫다고 하니까 장례식이 끝날 때까지 죽은 자기 아들과 동행해 주면 하루에 100만 원씩 300만 원을 주겠다고 제안했다. 사흘에 300만 원. 내가 들어도 매력적인 액수다. 하지만 아무리 돈이 궁해도 못 하지. 나라면 절대 못 한다. 진소리 역시 못 하겠다고 한다. 제가 비위가 약해서요, 하고 말했는데 아주머니가 쉽게 물러설 것 같지 않다. 실은 자기 아들이 어제 죽었는데 마땅한 사람을 찾지 못해서 여태 이러고 있다는 거다. 뭐라고요? 진소리는 꽥 비명을 지르며 방 밖으로 나가려고 하는데 아주머니가 막아섰다. 나는 아파트 공동 현관으로 들어가 엘리베이터 앞에 섰다. 아주머니 대사가 이어지고 있었다.

"우리 준식이 마지막 가는 길에 아가씨처럼 예쁜 여자가 동행해 주면 좋잖아요. 내 마음 알죠? 일찍 죽은 불쌍한 청년을 위로해 준다고 생각하고 쓱쓱 닦아 주면 돼요."

중개인도 옆에서 거들었다.

"이만한 알바 자리 구하기 힘들 거예요."

아주머니는 진소리에게 다가가 손을 덥석 잡았다.

"우리 준식이 애인이라고 마인드 컨트롤을 하면 어때?"

"아, 제발 저를 놔주세요."

진소리는 아주머니의 손을 뿌리치고 방에서 뛰쳐나왔다. 다행히 아주머니와 중개인이 쫓아 나오지는 않았다. 진소리는 전속력으로 뛰어 마침 정차해 있던 택시에 올라탔다. 산골 외딴 집 앞에 택시가 대기하고 있다니. 게다가 택시는 행선지를 듣기도 전에 출발했다. 진소리는 자기 사정을 알고 빨리 움직여 주는 아저씨가 너무나도 고마웠다.

"감사합니다. 아저씨."

택시 기사가 대답했다.

"예쁜 아가씨, 나 준식이 아빠요."

'와, 대박! 택시를 대기시킨 거 좋아.'

처음부터 궁금증 유발에 끝에는 섬뜩하기까지. 충분히 괴담의 묘미가 살아 있었다. 그런데 한 가지는 좀. 시신 닦는 일조차 예쁜 사람을 뽑는다고? 남들은 그냥 지나칠 일인지도 모르는데, 나는 왜 이 부분이 걸릴까? 괴담이지만 너무하다고 생각하는 내가 이상한 걸까? 내가 예민한 걸까?

다시금 성형 생각이 났다. 성형 생각을 하니 정효정이 떠올랐다. 정효정은 쿨한 척은 있는 대로 다 했는데, 실은 그게 아니라는 소문이 나서 어쩌나. 정효정이 자기 엄마를 설득했을까? 만약 설득했다 해도 우리 동네 강남성형외과는 권하고 싶지 않다. 가 보나 마나 성장기라고 퇴짜 맞을 게 뻔하니까. 아무래도 아직은 성형수술이 무리인 것 같으니까 일단 아쉬운 대로 나노 슬림 테이프라도 알려 주고 싶다. 평소 친하게 지낸 사이도 아닌데 느닷없이 문자를 보낼 수도 없고.

문자를 보내지도 않을 거면서 연락처에서 정효정을 찾아봤다. 대표 이미지로 풍경 사진이 올려 있었다. 지난 프로필 사진을 열어 보니 얼굴 사진은 한 장도 없다. 풍경, 꽃, 나무, 벤치, 분수, 뭐 이런 것뿐이다. 다른 아이들 프로필 사진은 대부분 자기 얼굴이다. 포토샵을 잔뜩 해서 예쁘긴 한데 비현실적인 얼굴도 있다. 그런 사진을 얼마나 많이들 올리는지 어떤 애는 100장도 넘게 저장되어 있다. 실은 나도 정효정과 비슷한 부류이긴 하다. 내 프로필 사진은 딱 한 장. 어둠 속 배한 척 사진이다. 왠지 괴기스러워서 인터넷에서 캡처했는데, 이 사진을 걸어 놓은 지 일 년도 넘었다.

"수술 안 하고 예뻐지는 방법 없나?"

침대에 비스듬히 누워 인터넷에 검색을 해 봤다. 수술 안 하고, 예뻐지는, 방법. 이 세 가지 말을 쓰고 검색 버튼을 눌렀다. 순전히 장난삼아 별 기대 없이 한 거였다. 오, 그런데 예상 밖이다. 검색 후보가 10페이지나 나왔다. 그 중 제일 앞에, 그러니까 1등 후보를 선택했다. 제목이 '뷰티스타그램'이다. 링크된 주소를 따라갔더니 모모스타그램이라는 SNS로 연결되었다. 주로 사진이나 동영상을 올리는 이 SNS는 바둑판 모양으로 되어 있어 보고 싶은 피드를 열어 보기가 편했다. 나도 개설해 놓긴 했지만 딱히 올릴 사진이 없어서 방치해 둔 상태다.

뷰티스타그램의 피드를 열어 보니 거의 다 좋아요 개수가 1만 개에 육박했다. 대단히 인기 있어 보였다. 가장 최근에 올린 피드를 열어 봤다. 아이돌 뺨치게 예쁜 언니가 화장품을 들고 찍은 사진이 보였다. 댓글을 보니 이 언니를 뷰티 언니로 부르는 모양이다. 뷰티 언니 사진 밑에는 매우 친근감 있는 말투로 SNS 치고는 꽤 긴 글이 쓰여 있었다.

B true beauty 1일

안녕? 우리 예쁜이들, 뷰티 식스 잊지 않았죠?
다시 말해 줄게요. 이건 귀가 닳도록 들어야 해요.
원, 미소 짓기, 개구리 뒷다리~. 투, 운동하기, 1만 5,000보씩 걷기. 쓰리, 물 많이 마시기, 하루 1.5리터. 포, 채소 충분히 먹기, 뷰티 빛타민 한 알. 파이브, 깨끗이 씻기, 뷰티 클렌저. 식스, 마사지 팩 붙이기, 1일 1뷰티 팩.
오늘은 하나 더해서 세븐, 피부에 비타민 먹이기, 뷰티 토너~~. 여드름을 싸악 녹여 주고, 모공을 꽉꽉 쪼여 줘요.
주문은 어떻게 하냐고요? 내 프로필에 링크 주소를 눌러 봐요. 뭐든지 하루라도 빨리 써야 해요. 남보다 빨리 예뻐져야 하니까요.
뷰티 토너는 최고 인기 상품. 곧 품절 각.
자, 그럼 오늘은 이만. 우리 모두 개구리 뒷다리~.

 좋아요 9,758개

개구리 뒷다리, 이거 좀 웃기고. 빛타민도 센스가 있어 보였다. 무엇보다 솔깃한 것은 모공을 꽉 쪼여 준다는 말. 넓은 모공은 내 고민 중 하나다. 앞머리와 옆머리를 들추면 깨알을 뿌려 놓은 듯 까만 모공이 보이는데, 그 하나하나에 여드름이 박혀 있다. 언젠가 여드름이 빠지고 나면 화산 폭발한 자리처럼 구멍이 뻥 뚫릴 것만 같다.

새삼스럽게 내 얼굴이 보고 싶어졌다. 거울에다 내 얼굴을 올렸을 때 잠깐 멈칫했다. 내가 지금 뭐하는 거지? 좀 전까지 내 관심은 쌍꺼풀이었는데 지금은 피부 관리에 쏠려 있다.

"뷰티 토너 필요한 것 같아."

뷰티 언니 프로필에 있는 링크 주소를 터치했다. 링크 주소는 열리지 않고 주문을 할 수 없다는 문장이 떴다. 벌써 품절이 된 모양이다. 벌써가 아니지. 이 포스트는 3일 전에 올라온 거였으니. 댓글들을 열어 보니 품절이 맞다. 사고 싶은데 아쉽다, 더 좀 만들어라, 언제 론칭할 거냐, 등등 기다리는 사람이 많았다. 효과가 진짜 좋은 모양이었다. 나는 꼭 사고 싶다는 생각으로 몸이 달아올랐다.

그때 라이브 방송 알림 글이 떴다. 알림 글을 터치했더니 뷰티 언니가 방송을 하고 있었다. 뷰티 언니는 연신 자기들 안녕, 하며 인사했다. 사람들이 속속 들어왔다.

"이 크림을 사람들은 마법 크림이라고 불러."

뷰티 언니가 손에 크림 통을 들고 있었다.

"그렇게 부르지 마. 그건 너무 과해. 그냥 조절 크림으로 불러 줘. 이 크림을 바르면 지방이랑 근육을 조절해 주거든. 있어야 할 부분은 있게 만들고, 없어야 할 부분은 없애 주는 거지. 자기야, 내 턱 봐. 나 이거 바르기 전에는 성난 타조 같았어. 지금 나 어때? 라인 완전 죽이지. 이거 발랐잖아."

뷰티 언니가 빗살무늬 토기처럼 뾰족한 턱을 좌우로 보여주며 눈꺼풀을 펄럭거렸다.

"자기들, 턱 라인을 손끝으로 살살 만져 봐. 조절 크림이 필요한 부분이 있을 거야. 턱 라인만 잡아 줘도 얼굴이 반쪽이 돼."

턱을 만져 보니 나는 워낙 말라서 밑으로 늘어지거나 불룩한 살은 없다. 손끝으로 턱을 훑고 귀밑까지 갔다. 문제가 발견되었다. 귀밑에서 턱으로 연결되는 부위가 너무 나왔다. 툭 불거진 이곳을 없애야 하는 건가?

댓글에 가격에 대한 이야기가 올라왔다. 뷰티 언니가 말도 하기 전에 어떻게 알았는지 한 통에 4만 원이면 싼 거라는 댓글부터 시작해, 효과가 좋으면 10만 원도 아깝지 않다는 댓글로 이어졌다. 그러자 뷰티 언니가 5만 원 이상은 할부도 가능하고, 세 통을 사면 10만 원으로 할인도 해 준다고 했다. 한 통에 4만원이니 두 통을 사야 할부가 되고. 두 통을 사면

8만 원이니 차라리 세 통을 사는 게 낫다는 계산이 나온다.

"자기들, 우물쭈물하다가 매진된다."

고민이 아닐 수 없었다. 퍼뜩 스마트폰 결제가 떠올랐으나 10만 원은 진짜 무리다. 돈 앞에서 마음이 조글조글해졌다. 슬쩍 돈 없는 자의 변명 같은 것이 비집고 들어왔다. 턱 관절에서 튀어나온 부분이 근육이나 지방이면 조절 크림으로 교정되겠지만, 뼈면. 아무리 마법 크림이라 해도 뼈까지 녹여주지는 못할 것 같았다. 게다가 그 부분은 지금까지처럼 머리카락으로 가리고 다니면 된다. 여드름 때문에 머리카락을 들추고 다녀야 하면, 그때는 문제가 되겠지만. 그러고 보니 뷰티 토너 하나만 있으면 일석이조다. 여드름 녹이고 모공 조여주면, 계속 머리카락을 늘어뜨리고 다닐 수 있으니까. 조절 크림에 대한 마음은 접기로 했다. 그 대신 뷰티 토너는 꼭 사고 싶었다. 그래, 난 뷰티 토너를 사고 싶어 했잖아. 조절 크림에 홀려서 본심을 잃을 뻔했다.

용기를 내어 댓글을 달았다.

└ 오이진- 혹시 이젠 뷰티 토너는 안 팔아요?

답글을 기다리고 있는데 노크 소리가 들렸다. 순간적으로 시계부터 봤다.

"앗!"

벌써 10시가 넘었다.

"이진아, 엄마야."

얼른 스마트폰을 끄고 책을 펼쳤다. 엄마가 왜 이렇게 일찍 들어왔지? 엄마가 방문을 열고 들어왔다. 어, 뭐야, 내 어깨를 쓰다듬네. 나한테 할 말이 있나? 그러려고 일찍 들어왔나 본데…….

"저기 있잖아. 너를 외할머니에게 맡긴 이유 아니?"

새삼스럽게 왜 옛날 일을 꺼내고 그러나.

"슈퍼 일 때문에 바빴다면서."

나는 그 일 때문에 엄마가 나에게 빚진 기분을 느낀다는 것을 눈치채고 있었다. 그럴 필요 없는데. 정말 더는 미안해하지 않아도 된다는 뜻으로 몇 마디 더 보탰다. 당시 그 동네에 할머니 댁에 맡겨진 아이가 또 있었고, 나는 그 아이랑 재미나게 잘 지냈다고. 나만 그런 게 아니니까 괜찮다고.

"슈퍼 일 때문이 아니야. 엄마가 공부하고 싶다고 했더니 외할머니가 너를 맡아 주신 거야."

"무슨 공부?"

엄마가 부끄러운 듯 흘려 말했다.

"글 쓰고 싶었거든."

"아, 엄마 노트북 열심히 치더라."

"외할머니는 엄마에게 재능이 있다고 믿었어. 당신이 도울 수 있는 일이라면 다 해 주겠다고 하셨지. 죄송하게도 아직까지 아무 성과를 못 내서 좀 그렇지만."

나는 블로그에 글 써서 돈을 벌고 싶은데 아직이구나, 하고 생각했다.

"누군가 그러더라. 마흔 살 넘어서도 꿈을 이루지 못하면 그건 재능이 없는 거라고. 엄마 마흔다섯 살이잖아. 아직도 습작이나 하는 게 부끄러워서 아빠한테만 양해를 구하고 너한테는 말 못 하고 있었어."

블로그에 글 쓰는 것도 습작이라는 표현을 하는지 모르겠다.

"이젠 숨어서 하지 않으려고. 드러내 놓고 해야 내 말과 행동에 책임지기 위해서라도 더 열심히 할 것 같아. 너에게 말하고 나니까 진짜 긴장된다."

엄마가 붉어진 얼굴을 손바닥으로 두드리며 빙긋 웃었다.

"그래, 엄마. 그런데 왜 갑자기 마음이 변한 건데? 혹시 내가 성형 이야기 한 거랑 상관있어? 이를테면 외모에 신경 쓰지 말고 내면에 집중해라, 엄마처럼 꿈을 위해 열심히 노력해라, 나이 많은 엄마도 노력하는데 너는 한창 공부할 나이잖냐, 뭐 이런 깨우침을 주려는 거야? 나한테……."

"그건 아니고. 너에게 약간의 협조를 구하고 싶기도 하고, 약간의 해명을 해야 할 것도 같고. 네가 나한테 그랬잖아. 근거 없는 자신감이라고. 너는 이해 못 하겠지만 엄마는 얼굴을 고친다는 생각은 하지 않았어. 그건 지금도 마찬가지야. 나도 예쁜 친구들 보면 부럽고 샘나지. 하지만 뭐 그렇다고 기죽지는 않았어. 그 친구보다 내가 잘하는 걸 찾으며 마음으로 이겨 나갔던 것 같아."

결국 이 말이 하고 싶었던 거였군. 나는 속으로 됐고, 하고 외쳤다. 원장님 말대로 중학교 졸업할 때까지 기다려 보기로 했고, 그동안 나는 의술 외적으로 도움을 받기로 마음먹었다. 그러니 이제 성형수술은 신경 쓰지 않아도 된다.

"내가 해 줄 협조는 뭐야?"

"혹시 너 독서실 가는 거 싫으면 내가 대신 갈까?"

"응?"

"작가들도 독서실이나 스터디카페에서 글 쓴다잖아. 집중이 잘될 것 같아."

작가? 블로그에 글 쓰는 사람도 작가는 작가지. 블로그에 쓴 글을 모아 책을 엮는 사람도 많으니까. 그런데 뭐 독서실까지 가서 한대? 나는 이해할 수 없어 고개부터 절레절레 흔들었다.

"아냐. 엄마. 나 내일부터 독서실 빼먹지 않을게."

"너 압박하려고 한 말이 아닌데."

"됐고요. 학생은 독서실 갈 테니까 작가님은 조용한 안방에서 집필하세요."

엄마가 이렇게 세게 나올 줄은 몰랐다. 이런 지능적인 방법으로 사람을 갖고 놀 줄 알면 블로그 작가가 아니라 정식으로 문단에 데뷔도 하겠다.

"와우, 엄마 파이팅!"

뷰티스타그램

일찌감치 일어나 집을 나섰다. 아파트 단지 내 길을 걷고 있
는데 저만치 박찬석이 가고 있었다. 그 악몽 같던 날이 떠올
랐다. 걸음을 늦췄다. 절대로 아는 체하고 싶지 않다. 박찬석
은 뭘 듣고 있는지 이따금 귀 기울이는 듯 손을 귀에 대기도
하고, 오토바이가 지날 갈 때는 잠시 서기도 했다. 하는 짓이
내가 괴담 들을 때랑 비슷했다. 나도 괴담이나 한 편 들을까.
손을 뒤로 하여 가방 앞주머니를 뒤적뒤적했다. 바지 주머니
에도 없다. 이어폰을 어디에 두었더라? 요즘 정신을 어디다
두고 사는지. 박찬석은 계속 앞에서 어른거렸다. 한번도 두
리번거리지를 않네. 뒷모습만 봐도 박찬석이 얼마나 집중하
는지 알만 했다. 설마 박찬석도 괴담을? 대기만성 박찬석은
성실해서 괴담 취미는 없을 거다. 영어 회화를 듣는 거겠지.
박찬석이 길을 건넜다. 나랑 가는 방향이 달라서 다행이다.
　'박찬석, 잘 가라. 우리 다시는 만나지 말자. 길에서 마주
치지도 말자.'

독서실에 와서 뷰티스타그램으로 들어갔다. 내가 쓴 댓글에 답글이 달렸다. 한두 개가 아니라 여러 개가. 자기가 사둔 게 있다며 중고가로 팔겠다는 사람에, 조절 크림 세 통을 같이 사서 나누자는 사람에, 자기가 3만 5,000원을 내고 한 통만 갖겠다는 사람 등. 새로운 메시지도 두 개나 들어왔다. 하나는 새로운 채널을 알려 주겠다는 거고, 또 하나는 입이 하악 벌어지는 거였다.

└ 방울토마토- 성안 중학교 2학년?

누구지? 나를 어떻게 알았을까? 그러고 보니 나는 내 이름을 그대로 쓰고 있었다. 나도 참 어설프구나. 우선 이름을 내가 쓰는 닉네임 중의 하나인 외씨아씨로 수정했다. 방울토마토 프로필을 터치해 봤다. 이 채널 대부분의 이용자들처럼 방울토마토도 나이, 성별, 이메일, 모두 비공개로 설정되어 있었다.

└ 외씨아씨- ^^ 누구?
└ 방울토마토- ㅋㅋㅋㅋ 비밀. 닉네임 바꿨네?! 무슨 뜻?
└ 외씨아씨- 불공평함. ㅜㅜ.
└ 방울토마토- 욕 아님? 설마 반장이 욕을 닉네임으로 할까 싶

지만.

　└ 외씨아씨- ‼

　└ 방울토마토- 비밀로 할 테니 걱정 마.

　└ 외씨아씨- ㅜㅜ.

　└ 방울토마토- 혹시 조절 크림 살 거니? 조절 크림 세 통을 같이
사서 나눌래?

　└ 방울토마토- 내가 3만 원 내고 한 통만 가질게.

　└ 외씨아씨- 계산법이 좀.

　└ 방울토마토- 그럼 3만 5,000원 내면 돼?

　꼭 이런 사람이 있다니까. 살짝 낮은 가격을 제시하고 상대
방의 눈치를 봐서 조금 올리는 수법. 방울토마토는 이런 거래
를 한두 번 해본 솜씨가 아닌 듯했다. 나는 딱히 조절 크림을
사고 싶지 않았지만 대화를 좀 더 끌어 봤다. 메시지를 주고
받다 보면 누구인지 감을 잡을 수도 있을 것 같았다.

　└ 외씨아씨- 반대로 하면 어떨까? 내가 3만 원.

　└ 방울토마토- ㅜㅜㅜ.

　└ 외씨아씨- ?

　└ 방울토마토- 엄마가 한 통 발라 보고 좋으면 더 사 준다고 했
거든. 그래서 알아보는 중. 세 통 사 놓고 한 통 파는 사람 있을 듯.

어차피 세 통은 너무 많잖아.

　└ 외씨아씨- 엄마가 이런 것도 사 줘?

　└ 방울토마토- 응.

　└ 외씨아씨- 세련된 엄마네.

　└ 방울토마토- ㅋ 생각 있으면 메시지 줘.

　방울토마토가 누구인지 전혀 감이 잡히지 않았다.

　조절 크림은 완전히 패스다. 튀어나온 턱관절은 살이 좀 붙으면 괜찮을 것도 같았다. 대신 뷰티 토너에 대한 미련이 꿈틀거렸다. 하지만 그건 품절. 이래저래 결정된 것은 하나도 없다. 너무 비싸서, 딱히 그것까지는 필요할 것 같지 않아서, 같이 사자고 하고는 나더러 돈을 더 많이 내라고 해서 등등. 이유도 다양했다. 또 한 가지 브레이크는 엄마의 키보드 두드리는 소리다. 엄마는 전보다 더 열심이었다. 나에게 털어놓은 것에 대한 책임을 느껴서인지. 키보드 소리는 내가 뷰티에 대한 어떤 선택을 하려고 할 때마다 내 귀를 두드렸다. 엄마는 내적 아름다움을 위해 고군분투하는데 너는 왜 쓸데없이 외모에 집착하는 거니, 하고 말하는 것처럼 들렸다. 결국 멈칫하게 되고, 아직까지 아무런 선택도 결정도 하지 못했다. 다시 말해 아무런 성과가 없다.

　이런 식으로 며칠이 지났다.

이른 아침인데도 푹푹 찌는 날씨가 계속되었다. 이런 무더위의 최대 수혜자는 나무와 화초, 풀이 아닐까 싶다. 담쟁이는 축대를 빽빽이 감싸고도 모자라 아파트 벽을 기어오르고, 화단의 비비추는 얼마든지 더 키질 수 있다는 듯 넓은 잎을 빳빳이 세우고 있었다. 뜨거운 햇볕과 간간히 흠뻑 뿌려 주는 비가 그들의 키와 몸을 단단히 키웠다. 이쯤에서 비가 한바탕 쏟아지면 또 쑥 자랄 것이다. 사람도 이렇게 쑥쑥 자라면 어떨까? 여름 한 번 지나면 한 뼘이 자라 있고, 또 여름 한 번 지나면 한 뼘이. 정말 그러면 외할머니 말이 맞는 거다. 아이는 자라면서 열두 번 변한다는. 정말 그랬으면 좋겠다.

"비나 한바탕 시원하게 뿌려라."

요즘 학원에는 하루에 서너 명은 결석생이 있었다. 여름휴가 때문일 것이다. 김민우도 한 일주일 결석하고 다시 나타났다. 깁스는 전보다 훨씬 가벼운 것으로 바뀌어 있었다. 김민우를 보니 '오디션 괴담'이 궁금해졌다. '오디션 괴담'은 50페이지나 뒤로 밀려나 있었다. 조회 수도 여전히 두 자리에 머물러 있고, 달라진 거라면 찬돌이 댓글을 또 달았다는 거다. 자기는 늘 지켜보고 있다며 응원한다고 했다. 가끔 이런 사람이 있다. 비슷한 경험을 했다고 그 사람이 그 사람인 줄 아는. 아마 자기가 다니는 학원에 오디션 괴담에 나오는 모델 지망생 같은 아이가 있나 보지.

그런데 웬일일까? 김민우가 학원에 나오기 시작했는데도 메구들이 통 나타나지 않았다. 무슨 빌미만 있으면 나타나더니. 여름휴가 끝나고 나오는 첫날은 올 만도 한데. 며칠째 복도가 조용했다. 누군가가 메구들의 출입을 막아 달라고 원장에게 건의했다는 소문도 있었다. 그러게, 나만큼이나 메구들을 싫어하는 아이가 있다니까. 단지 나만 자기들을 싫어하는게 아닌데 공연히 나를 찍고 그래. 내가 그렇게 만만하게 보이나. 짝눈에다 말라깽이라고 우습게 보이나 본데, 잘 찾아보면 너희보다 잘하는 게 많을걸. 내가 지금 무슨 생각을? 엄마를 닮아 가는 건가. 피식 웃음이 났다. 고작 반에서 1등하는 것 가지고 내세우다니. 나는 새삼 그게 어느 정도의 재능인지를 생각해 봤다. 공부가 얼마나 내 인생에 좋은 영향력을 발휘할 수 있을까? 좋은 대학에 가고 좋은 직장에 들어갈 때는 필요할지 몰라도. 아마 취업 경쟁에서는 상황이 살짝 달라질 수도 있을 것이다. 비슷한 성적이라면 예쁜 사람이 뽑힐 가능성이 다분하지 않은가.

'세상이 그래.'

김민우는 여전히 아무렇지도 않게 수업을 들었다. 수학은 몰라도 영어만큼은 꽤 신경 쓰는 눈치였다. 모델은 영어를 잘해야 한다는 말을 어디서 들은 것 같았다. 해외로 진출하려면 그럴 수도 있겠다 싶었다. 그러든지 말든지. 김민우가 무슨 공부를 열심히 하든 무슨 상관이람. 내가 오로지 관심을 두는 것은 그 녀석의 사과이다. 미안했다는 문자 한 통이 그렇게 어려운가?

'저놈이 언제까지 버티나 보자.'

수업이 끝나고 분식집에 가서 쫄면을 먹었다. 그런 다음 곧장 독서실로 갔다. 엄마의 뜻대로 엄마를 집에 혼자 있게 해 주고, 나는 독서실에서 줄창 시간을 보내는 거다. 아침에 붙인 나노 슬림 테이프가 땀에 젖었는지 눈꺼풀이 무거웠다. 아니나 다를까 양쪽 끝이 조금 일어나 있어 아예 떼어 버렸다.

'요렇게 작은 게 뭐라고 떼니까 눈꺼풀이 가벼워.'

뷰티스타그램은 활기가 좀 빠져 있었다. 새로운 라이브 방송 스케줄도 나와 있지 않았다. 전에 있던 피드도 거의 비공개로 전환되어 있었다. 그러고 보니 프로필에 걸려 있던 뷰티 언니 사진도 사라졌다. 휑한 것이 마치 폐업한 가게 같은 느낌이었다.

메시지 함에 새 메시지가 여러 개 와 있었다. 조절 크림을 같이 사자거나, 10만 원 입금하면 뷰티 토너를 배송해 주겠다거나. 그런데 10만 원이 어디서 나냐고. 그 외에는 모두 찐찐이란 사람이 보낸 거다. 새로운 채널을 알려 준다는 메시지를 보낸 이후 계속이다. 찐찐은 끈질긴 구석이 있었다. 하루에 한 번 이상 메시지를 보냈는데 오늘은 한꺼번에 세 개

를 보냈다. 너무 집요해서 꺼려지는 인물이다. 한번 방문해
달라, 이제 여기는 문을 닫았다, 회원들에게만 알려 주는 새
로운 뷰티 프로그램이다, 뷰티 토너도 구할 수 있다 등등. 내
가 뷰티 토너를 구한다는 걸 알고 하는 소리다. 계속 무시하
고 제대로 보지도 않았는데, 쓰인 주소를 보니 낯익은 단어
가 눈에 띄었다.

뷰티스타그램.

정확히는 뷰티스타그램2였다.

'뷰티스타그램이랑 같은 건가?'

링크 주소를 터치했더니 전에 그 모모스타그램으로 연결되
었다. 게시물은 딱 하나였는데 거기에 또 링크 주소가 있었
다. 링크 주소를 터치해서 들어간 화면은 예전과는 사뭇 달
랐다. 홈페이지 분위기가 났다. 타이틀은 '미인 따라 하기'였
다. 그 미인을 따라 하라는 듯 화면에 미인 사진이 여러 장
게시되어 있었다. 같은 사람 같기도 하고 다 다른 사람 같기
도 했다. 전에도 느낀 거지만 예쁜 여자들은 다 비슷하게 생
겼다. 이 중 한 사람은 뷰티 언니를 많이 닮았다.

'다들 너무나도 예뻐.'

화면 상단에는 메뉴가 다양하게 많았다. 미인 따라 하기 소
개, 뷰티스타 A코스, 뷰티스타 B코스, 뷰티스타 C코스, 뷰
티스타 D코스, 스페셜 코스, 베스트, 뷰티상품, 이벤트, 뷰

티 진단, 고객 상담 등.

'미인 따라 하기 소개'를 터치하니 먼저 회원 가입을 하라
는 메시지가 떴다. 그와 동시에 회원과 비회원을 선택하는
창이 열렸다. 비회원을 터치했더니 곧바로 채팅창이 열렸다.

뷰티스타 ◁ 환영합니다. 어서 오세요.

이곳은 다른 뷰티 채널과는 차원이 다른 뷰티 프로
그램을 제공합니다. 천천히 둘러보시고 궁금한 점
있으면 뭐든지 말씀하세요.

물어 보고 싶은 것은 많았지만 선뜻 말하기가 망설여졌다.
위압감이랄까 뭔가 주눅이 드는 기분이었다. 그나마 아주 조
금이라도 말을 섞어 본 찐찐이라는 사람과 이야기하는 편이
덜 부담스러울 것 같았다. 자기를 통하면 혜택이 많다는 찐
찐의 말이 생각나 메시지를 보냈다.

찐찐님이 소개해서 들어왔어요. ▷ 외씨아씨

뷰티스타 ◁ 외씨아씨님의 전문 가이드로 찐찐님을 지정해
드릴게요.

조금 기다리시면 찐찐님으로부터 메시지가
갈 겁니다. 편하게 대화하세요.

일단 친절함에 감탄했다. 전에 뷰티스타그램이 뷰티 제품을 파는 상점이라면 여기는 체계를 갖춘 회사 같았다. 단, 아쉬운 점은 회원 가입을 해야 메뉴의 내용을 볼 수 있다는 거다. 회원 가입은 돈 드는 게 아니니까 한번 해 볼까 하는데 찐찐으로부터 메시지가 왔다.

찐찐 〈 반가워요. 외씨아씨님.

아, 네. 안녕하세요? 〉 외씨아씨

찐찐 〈 외씨아씨님, 잘 왔어요.
제가 소개하면 가입비 10퍼센트 할인 받으실 수 있어요.

고마워요. 〉 외씨아씨

찐찐 〈 가입비가 20만 원인데요.
외씨아씨님은 18만 원만 결제하시면 돼요.

회원 가입하는 데도 돈을 내야 하는 모양이다. 그것도 18만 원씩이나. 돈이 없으면 할 수 있는 게 아무것도 없구나. 10만 원, 아니 4만 원도 비싸서 망설였던 나인데 18만 원이라니. 가입비가 18만 원이면 프로젝트 참여비는 얼마나 비쌀까. 이래저래 뷰티 채널은 중학생이 참여할 게 못 된다는 생각이 들었다. 중학생은 아직 성장이 덜 되어서 성형도 못 하고, 돈이

없어서 뷰티 프로그램에도 참여하지 못하고. 에효. 이미 18
만 원에서 장벽이 느껴졌지만 물어나 보자는 심정으로 찐찐
에게 메시지를 보냈다. 가장 싼 프로그램이 얼마냐고. 찐찐
은 비용 걱정은 하지 않아도 된다면서 자기가 소개하면 할인
혜택을 준단다. 그래서 얼마냐고. 대답할 때까지 기다렸더니
찐찐이 장문의 답문을 보냈다.

찐찐 — 우선 진단을 받아 보세요. 진단에 따라 코스가 정해지
고 가격도 정해져요. 진단이 안 된 상태에서 얼마라고
말씀드릴 수가 없어요.
자기 상태를 점검해 보기 위해서라도 진단을 권해드려요.

최소 얼마 예상해야 하나요? — 외씨아씨
제가 중학생이라 ㅜㅜ

찐찐 — 중학생이군요. 가장 저렴한 A코스가 100만 원쯤 해
요. 중학생이니까 할인 혜택이 많아요.
30퍼센트까지 가능할 거예요.

"컥!"

100만 원은 내가 감당할 돈이 아니다. 아무리 30퍼센트 할
인을 해 줘도. 어느 정도 각오는 하고 있었지만 너무 비쌌다.

나는 침을 한 번 꿀떡 삼키고 뭐라 대답할까 생각했다. 그러는 사이에 쩐쩐이 또 메시지를 보냈다.

쩐쩐 〈 직접 사이트에서 가입하시면 할인 혜택을 받을 수 없어요. 꼭 저에게 연락하세요. 제가 외씨아씨님의 가이드입니다.

한편으로는 긍정적인 생각이 들기도 했다. 수술 없이 예뻐지는 방법이라면 성형수술 비용보다 훨씬 높을 만하다고. 몸에 칼을 대지 않고 예뻐지는 게 어딘가. 그 부담은 해결되는 셈이니 말이다. 상상도 못 했던 큰돈이라서 그런지 효과가 좋을 거라는 믿음 같은 것도 생겼다.

쩐쩐이 또 메시지를 보냈다. 한 달 사이에 몰라보게 예뻐진 회원이라며 사진이 두 장 첨부되어 있었다. 하나는 비포 사진이고, 또 하나는 애프터 사진이다. 두 사진은 표정부터 차이가 났다. 비포 사진은 무표정으로 침울해 보이고, 애프터 사진은 활짝 웃는 얼굴이다. 언뜻 보면 같은 사람이 아니라는 생각이 들 정도로 많이 달랐다. 얼굴에 균형이 잡히고 윤곽이 살아 있었다. 그야말로 나올 때 나오고 들어갈 때 들어갔다고나 할까. 무엇보다 눈길을 끄는 것은 홑꺼풀에서 쌍꺼풀로 바뀐 거다. 한 달 만에 이렇게 된다니. 뷰티스타그램2

에 확 끌렸다.

'돈을 어떻게 마련한다?'

다시 돈 걱정이 시작되었다. 아르바이트를 하면 되지. 내가 돈을 번다? 이래도 되나 싶어 잠시 아득해졌다.

'어디 고액 알바 없나?'

어이없게도 '매력 알바'가 떠올랐다. 시신 닦고 하루에 50만 원. 잘하면 100만 원도 버는. 아, 그건 조건이 있었지. 도망치고 싶을 정도로 무서운 일을 하는데도 예뻐야 채용된다니. 참 웃긴다.

그런 알바 말고. 스마트폰에서 아르바이트 구하는 사이트를 찾았다. 원하는 지역과 시간을 적어 넣고 검색하면 그에 맞는 아르바이트 자리가 검색되는 시스템이었다. 나는 우리 구 이름과 시간은 제한 없음으로 넣고 검색했다. 옆 동네인 율원1동 메가24 편의점이 검색되었다. 그 편의점에서 원하는 시간은 아침 9시에서 12시였다. 그 시간은 학원에 있어야 하는 시간이라 좀 곤란했다. 면접을 보고 결정한다는 문구도 있었다. 외모를 보고 결정한다는 뜻인가? 불길한 예감이 들었지만, 일하기 전에 이런저런 조율을 해 보자는 뜻일 거라는 쪽으로 생각했다. 시간 조정도 해 볼 수 있을 거야, 하고 편의점 전화번호를 저장했다. 전화번호를 저장하고 보니 마음이 급해졌다. 여름방학 중이라 경쟁이 심할 것 같았다.

독서실에서 나와 메가24 편의점에 전화를 걸었다.

"여보세요? 알바생 모집하신다고 해서요."

사장님이 지금 올 수 있으면 오라고 했다. 나는 바로 가겠다고 하고 전화를 끊었다. 얼른 독서실로 가서 가방을 짊어지고 나왔다. 버스로 한 정거장 가서 내리자 앞에 메가24 편의점이 보였다. 우리 집 슈퍼나 별반 다를 것도 없고, 우리 아빠 같은 아저씨가 기다리고 있겠거니, 하니까 별로 떨리지는 않았다. 합격해야 한다는 긴장감은 막을 수 없었지만. 심호흡을 한 번 하고 문을 밀고 들어갔다. 아르바이트생이 어서 오라고 인사했다. 내가 면접 보러 왔다고 했고, 음료수가 진열된 냉장고 앞에 있던 아저씨가 돌아봤다. 나는 그 사람이 사장님이라 생각하고 꾸벅 인사부터 했다.

"학생, 몇 학년이야?"

사장님이 나를 위아래로 훑어보며 물었다. 순간 나이가 문제가 되나 싶어 잠시 머뭇거렸다. 내 대답을 기다리지도 않고 사장님이 말했다.

"너무 어려 보이는데? 만 15세 이하는 부모님 허락이 있어야 해. 부모님께 말은 하고 왔어?"

"저 중학교 2학년 맞아요. 생일도 지났어요."

학생증을 보여야 할 것 같아서 가방 끈을 한쪽 어깨에서 내렸을 때 사장님이 말했다.

"미안하지만 중학생은 안 쓰려고 해."

너무 빨리 퇴짜를 맞으니 머릿속이 하얘졌다. 방학 때만이라도 일하게 해 달라고 말할 배짱이 없었다. 이만 나가야 하나, 무슨 말이라도 해 보나, 아랫입술만 깨물고 있었더니 사장님이 껌 한 통을 집어 주었다. 얼결에 껌을 받아 들고 돌아서 나왔다. 나오고 보니 후회스러웠다. 나노 슬림 테이프를 붙이고 올걸. 그걸 붙이면 훨씬 예뻐 보이기도 하지만 성숙해 보이는 효과도 있는데.

"사장님 나빠."

횡단보도에 서서 구시렁거리고 있는데 정효정이 보였다. 정효정이 왜 이 동네에. 가만히 지켜보니 메가24 편의점으로 들어가는 게 아닌가. 나도 다시 편의점 쪽으로 슬금슬금 걸어갔다. 유리창으로 보니 정효정이 사장님과 이야기하고 있었다. 정효정이 공손한 자세로 열심히 말하는 것으로 보아 면접을 보는 거다. 꽤 이야기가 길어졌다. 몇 마디 안 해 보고 바로 퇴짜 맞은 나랑은 달랐다. 안 된다는데도 사정하는 걸까? 드디어 면접이 끝났는지 정효정이 돌아서 나왔다. 웃고 있는 걸 보니 합격한 모양이었다. 나는 안 되고 정효정은 되고. 요즘 나는 왜 되는 일이 없을까? 얼른 횡단보도로 가 섰다. 곧 정효정이 아는 체하겠지, 하며.

"어, 반장!"

"응. 정효정."

나는 새삼 정효정의 얼굴을 뜯어보며 생각했다. 도대체 왜 나는 떨어지고 정효정은 붙었을까? 정효정은 좀 과하다 싶게 화장을 하고 있었다. 그러고 보니 옷차림새도 조금 달라 보였다. 네크라인이 보트 모양으로 옆으로 파인 티셔츠를 입었는데, 목에 밭게 카라가 달린 내 셔츠하고는 느낌이 사뭇 달랐다. 살집이 있어서인지 덩치도 크고 가슴도 크게 보였다. 어른들은 정효정 같은 스타일을 예쁘게 보는 건가? 웃으면 더 찌그러지는 새우눈에 너무 도드라져서 둥둥 떠다니는 것 같은 분홍 립스틱. 불룩한 눈두덩이, 그 위에 붙어 있는 비닐 테이프는 지켜주지 못해 미안한 생각까지 드는데 도대체 내가 왜 정효정에게 밀린 건가.

"이 동네는 웬일이야?"

정효정이 물었다.

"너는?"

정효정이 새우보다 작은 새우젓 눈을 하고 말했다.

"반장, 시간 있으면 우리 하드 먹을까? 내가 살게."

"그래. 먹자."

정효정은 꼬박꼬박 나를 반장이라고 불렀다. 학교도 아닌데 그렇게 부르니까 민망하기도 하고, 거리감도 느껴졌다. 나는 정효정에게 이름을 부르라고 하고, 같이 횡단보도를 건넜다. 버스 정류장 뒤에 슈퍼가 보였다. 우리는 하드를 하나씩 사 들고나와 두리번거렸다. 어디 앉을 데 없나 하고. 상가 건물 옆에 근린공원이 있었다. 거기에는 오래된 벚나무가 줄지어 있었고, 그 아래에 벤치가 있었다. 우리는 그늘이 드리워진 벤치로 가 앉았다.

"실은 나 편의점에서 알바하려고. 내일부터 하기로 했어. 돈을 좀 벌고 싶어서."

나는 어떻게 편의점에 합격한 거냐와 돈이 왜 필요한지, 두 가지가 궁금했다. 정효정은 내가 묻기도 전에 털어놓았다.

"실은 나 무슨 프로젝트에 참여할 거거든."

"무슨?"

나는 방학 숙제 중에 그런 게 있었던가, 하고 생각했다.

"말하기 좀 그런데, 뷰티프로젝트라고 있어."

"뷰티?"

"응. 뷰티."

"왜?"

예의상 왜 그런 걸 하냐는 느낌으로 물어 주었다.

"왜긴. 많이들 해."

그런데 좀 이상했다. 정효정이 왜 나에게 이런 이야기를 술술 털어놓는 건지, 이런 건 보통 남몰래 하지 않나. 연예인들이 몰래 성형수술을 하듯이. 방울토마토도 끝까지 자기 정체를 숨기지 않았던가.

"넌 이해해 줄 수 있을 것 같아서 말하는 건데. 나 거기서 진단 받았어."

내가? 썩 기분이 좋은 건 아니지만 이해하기로 했다. 내가 나랑 비슷한 콤플렉스를 가진 정효정에게 관심이 갔던 것처럼, 정효정도 그런 마음인 것을 어찌 막을 수 있겠는가.

"그런데 거기 좀 비싸. 하지만 체계적인 것 같아서 맘에 들어. 믿음도 가고. 내가 여기저기 다 뒤져 봤거든. 진단하고 코스별로 프로그램 짜 주는 곳은 여기밖에 없어."

가만히 듣다 보니 뷰티스타그램2 같다는 생각이 들었다.

"다른 곳은 그저 화장품 같은 거 팔기에 급급하더라고. 나도 몇 개 샀지만 효과가 별로 없었어. 쌍꺼풀 만드는 약이라고 해서 샀는데 본드 같은 거야. 그거 바르고 딱딱하게 굳어서 간신히 뗐잖아. 살점 떨어지는 줄 알았어."

아픈 척 미간을 찡그리는 정효정에게 나노 슬림 테이프를 알려 주고 싶었다. 나랑 같은 채널에 관심을 갖고 있다는 동질감과 먼저 마음의 문을 열어 준 것에 대한 고마움이랄까. 정효정과 가까워진 기분이 들었다.

"혹시 나노 슬림 테이프 안 써 봤어?"

만약 안 써 봤다면 한 장 줄 수도 있다.

"아, 그거? 난 그거 안 돼. 눈꺼풀이 두꺼워서 살이 안 접혀."

정효정이 자기 눈꺼풀을 손가락으로 꾹꾹 눌렀다. 그 모습이 웃겼다. 실례가 될 것 같아 안 웃으려고 참았는데, 정효정이 쿨하게 웃었다. 덕분에 나도 맘 놓고 따라 웃었다. 문득 욕하던 정효정이 생각났다. 나중에 어디 가서 혼자 내 욕하는 거 아닌가 싶어 슬그머니 웃음을 멈췄다. 정효정의 비닐 테이프가 땀에 젖어서 그런지 허옇게 일어나 있었다. 눌러서 붙여 주고 싶은 마음이 일어 정효정 눈치를 살폈다. 정효정이 아직도 웃음기를 머금고 있기에 말해 주었다.

"끝이 좀 일어났어."

"뭐가?"

"테이프."

"무슨 테이프?"

"쌍꺼풀."

"어머. 그래?"

정효정이 급히 가방에서 손거울을 꺼내며 물었다.

"나 이거 하는 거 알고 있었어?"

그걸 왜 몰라. 나는 최대한 뜨악한 표정을 감추고 고개를 끄덕였다. 정효정이 살짝 민망해하며 거울 속 자기 얼굴을 들여다보더니 손가락 끝으로 비닐 테이프의 양쪽 끝을 꾹꾹 눌렀다. 그러나 이미 접착력을 잃은 테이프는 다시 붙지 않았다. 정효정은 입을 앙 다물더니 비닐 테이프를 떼어 냈다.

"이거 하나 붙였다고 더운 거 있지."

나는 속으로 답답시럽고 거북살스럽지, 하고 외할머니 말투를 떠올렸다. 정효정이 눈두덩이에서 비닐 테이프를 걷어 내자 물에 불은 것 같은 뽀얀 살이 드러났다. 그 모습을 보고 있자니 내 속이 다 시원했다. 정효정이 새것을 붙이려는지 가방을 뒤적거렸다. 비닐 테이프를 붙이려면 얼마나 오래 걸릴지. 내가 그걸 기다려 줘야 하나, 하는 생각에 지루해졌다. 이만 갈까, 하는데 정효정이 매우 빠른 손놀림으로 휴지로 눈꺼풀을 닦더니 그 위에 비닐 테이프를 척척 붙였다. 시간으로 따지면 양쪽 다 붙이는데 3초쯤 걸렸을까. 정효정이 좀 커진 눈을 깜박이며 말했다.

"이명진, 그년이 그러는 거 있지? 자기는 남방계고 나는 북방계래. 그래서 자기는 얼굴이 갸름하고 눈이 크고, 나는 광대가 나오고 눈이 작은 거래. 너 이거 무슨 뜻인지 알아?"

"인터넷에서 읽은 적 있어. 우리나라 사람들의 얼굴형이 크게 두 가지로 나뉜다고 하더라. 북방계는 중국, 몽골 쪽에서 내려온 사람들이고, 남방계는 인도나 동남아 쪽에서 들어온 사람들이래. 김수로왕에게 시집온 허황옥이 인도 아유타국에서 왔잖아."

"인도?"

"응."

정효정이 무슨 생각을 하는지 잠자코 있기에 내가 덧붙여 말했다.

"남방계가 요즘 트랜드에 맞는 것 같긴 해."

"명진이 넌이 작다고 하지도 않았어. 찍 찢어졌다고 했어. 솔직히 생긴 것 가지고 놀리는 거 치사한 거 아니냐? 북방계든 남방계든 내가 선택할 수 있는 게 아닌데 어쩌라고."

나는 북방계 엄마와 남방계 아빠 사이에 태어나서 짝눈이 된 것인지도 모르겠다. 내가 이런 생각을 하고 있을 때 정효정이 나를 빤히 바라보고 있었다. 나를 평가하고 있는 것 같았다. 남방계인지 북방계인지. 정효정 입에서 짬뽕이라는 말이 나오면 나는 정말 화낼 것이다. 다행히 정효정은 아무 말도 하지 않았다. 착한 정효정이 내가 기분 나쁠 만한 말을 할 리가 없지. 나는 얼른 화제를 바꿀 생각에 대단해, 하고 말했다.

"뭐가 대단해?"

비닐 테이프 붙이는 모습을 떠올리고 한 말이지만, 다른 말로 둘러댔다.

"뷰티프로젝트에 참여하는 거……."

정효정이 한숨을 푹 쉬더니 말했다.

"진단 결과 나오면 진짜 큰돈이 들어갈 거야. 편의점 알바로는 감당 안 돼. 어디 돈 많이 주는 알바 없나?"

돈 많이 주는 알바, 이 말에 '매력 알바'가 떠오를 게 뭐람. 나도 모르게 빙긋 웃었다. 내가 웃으니까 무슨 좋은 정보라도 갖고 있다고 생각했는지 정효정이 말했다.

"좋은 알바 있으면 소개해 주라."

시신 닦는 일이라고 하면 정효정이 기함을 할 것 같아서 차마 그 말은 할 수 없었다. 대신 아르바이트 자리 찾는 데 도움이 되라고 원론적인 이야기를 했다.

"3D에 속하는 일을 찾으면 좀 많이 받을 텐데. 3D가 뭐냐면 dirty, difficult, dangerous. 여기에 하나 더 넣으면 disgust."

이 와중에 짓궂게도 시신 닦기가 생각나 disgust를 보탰다.

"그럼 4D야? 4D라도 좋아. 그런 일자리 있으면 소개해 주라. 나 절실해."

"그래. 그런데……."

여태 묻지 못한 편의점에 합격한 비결을 묻고 싶었다.

"편의점은 어떻게 합격했어? 중학생인데도 괜찮아?"

"고등학생이라고 했어."

"사장님이 믿어?"

"내 덩치를 봐라. 대학생이라고 해도 믿을걸."

정효정이 특유의 자기 디스 발언을 하더니 나에게 물었다.

"오이진, 너도 뷰티스타그램 안 해볼래?"

정효정이 하드 막대에서 단물을 쪽쪽 빨아먹으며 말했다.

"나?"

"응. 거기, 쌍꺼풀을 마사지만으로도 만들어준다고 하더라."

"정말?"

"응. 넌 왼쪽 눈꺼풀만 집중적으로 마사지 받으면 되겠다."

"마사지하는 법은 가입해야 알려 주겠지?"

"당연하지. 가입뿐 아니라 진단을 받고 그게 필요한 사람에게만 알려 주지."

"그럼 너도 아직 마사지 안 받아 봤겠네."

"그렇지. 그런데 가이드 언니가 언제 시간 날 때 맛보기로 알려 준다고는 했어."

나는 가입하지 않고 정효정에게 마사지하는 방법만 물어볼까, 하고 생각했다.

"사람마다 마사지 방법이 다 다르대. 똑같은 사람은 한 명도 없다고 하더라."

마치 내 얄팍한 속을 들여다보는 듯 정효정이 말했다.

"가이드를 통하면 할인을 많이 해 줘. 나 가입비도 10퍼센트 할인 받았어. 그리고 친구를 데려오면 프로젝트비에서 할인을 해 준대. 그러니까 너 혹시 하고 싶으면 나한테 연락해. 알았지?"

나는 속으로 나를 찜한 가이드가 벌써 있는걸, 하고 말했다. 그런데 정효정은 중학생 할인을 받지 못한 것 같았다. 내가 그것까지 말하면 이미 뷰티스타그램2에 대하여 알아볼 만큼 알아본 게 티가 날 것 같아서 잠자코 있었다.

"이만 가자."

더 있다간 쓸데없는 말까지 하게 될 것 같았다. 같이 버스를 타고 오면서 정효정이 말했다. 뷰티스타그램 하는 아이들 꽤 많을 거라고. 나는 그건 좀 의외라는 듯 물었다.

"중학생이 무슨 돈이 있어서 그런 프로젝트에 참여할 수 있냐?"

"엄마가 가입시켜 주기도 해. 그만큼 내용이 좋으니까."

"엄마?"

그런 엄마가 꽤 있구나. 방울토마토 엄마처럼. 우리 엄마는 성형외과에 한 번 데리고 간 걸로 할 일 다 했다고 생각하는 눈치다. 중학교 졸업할 때까지 두고 보자고 했으니까 마음 푹 놓고 있을 거다. 그 대신 무슨 글인지 집필에 매진하는 중이다. 집중력이 보통이 아니다. 얼마 전에는 취재도 하고 인터뷰도 해야 한다고 했다. 맛집 포스팅을 하는지.

"우리 반에 방은진 있지? 걔도 해. 걔야말로 엄마가 가입시켜 준 거야. 부럽다, 부러워. 나는 가입비도 없어서 꿔서 냈는데."

방은진, 이름을 듣는 순간 방울토마토가 연결되었다.

"방은진, 닉네임이 혹시 방울토마토니?"

"응. 맞아. 걔 많이 예뻐졌어. 살도 빼고, 화장도 세련되게 잘하더라."

정효정과 헤어져 걸으면서 방은진 메신저 프로필 사진을 봤다. 얘가 이렇게 예뻤던가? 단호박 같던 얼굴이 방울토마토가 되어 있었다. 저번에 메신저로 나를 놀려 먹었던 건 까맣게 잊고, 방은진 얼굴을 홀린 듯 들여다봤다. 결심이 굳어졌다. 뷰티스타그램2 프로젝트에 꼭 참여하리라. 그런데 돈을 어떻게 마련하지? 엄마 지갑에서 훔칠 수도 없고.

"에휴!"

거울아, 거울아

노트북 키보드 두드리는 소리가 한창 들려야 할 시간에 너무 잠잠했다. 엄마가 어디 갔나? 화장대에는 노트북만 덩그러니 놓여 있었다. 슈퍼 일이 너무 바빠서 출근했을 수도 있다. 식탁 위 상보를 들추니 삶은 계란 한 알과 옥수수 한 대, 그리고 빈 컵이 차려져 있었다. 우유를 가지러 냉장고로 가려는데 스마트폰에 진동이 울렸다.

엄마 ─ 나 인터뷰^^하러 간다. ㅋ 탈북민 한 분 소개 받았거든. 아침 식사하고 네 일정대로 움직이길~.

맛집이 아니라 탈북민에 대한 글을 쓰는 모양이다. 그런데 무슨 인터뷰씩이나. 기자도 아니고 알아주는 작가도 아닌데 누가 제대로 상대나 해 주려나. 엄마도 그렇게 생각하는지 미소 이모티콘과 ㅋ을 써서 쑥스러움을 달래는 모양이다.

엄마

탈북민 보금자리가 수원에도 있더라.
그러니까 늦지는 않을 거야.

알았음. 우리 엄마 파이팅~. 오이진

잠깐 한석봉 어머니가 생각났다. 너는 글을 써라 나는 떡을 썰게. 자식 옆에서 열심히 하는 모습을 몸소 보여 주신 어머니의 대명사 한석봉 어머니. 우리 엄마도 나한테 그런 모습을 보여 주고 싶은가. 그래서 무슨 일만 있으면 나에게 이토록 보고를 하는 건가. 그 영향인지 내가 좀 변하긴 했다. 예전처럼 공부에 신경 쓰기 시작한 거다. 여름방학 특강도 중반을 넘겨 예습과 복습을 안 하면 따라가기 힘들기도 하고, 일주일에 두어 번씩 치르는 쪽지 시험 때문에 공부를 안 할 수가 없다. 그러다 보니 바람직하게도 예전 페이스를 찾아갔다.

메구들이 학원에 나타나지 않은 점도 한몫했다고 볼 수 있다. 시간이 약이라고, 이젠 김민우도 더는 내 신경에 거슬리지 않았다. 신통치는 않았지만 '오디션 괴담'으로 나름 복수도 했으니. 지금은 한결 마음이 편해졌다.

오늘도 엄마 말대로 내 일정을 따라 잘 움직였다. 학원이 끝나고 독서실로 가서 밤 11시까지 공부했다. 이 시간 이후부터는 자유로운 편이다. 괴담도 듣고, 뷰티스타그램2에도 들어가 본다.

뷰티스타그램2에서 예쁜 언니들이 자기를 따라 하라는 영상을 보면 당장 가입하고 싶다. 가입, 하면 돈 생각나고. 돈, 하면 돈 벌 걱정이 따라왔다. 지금으로서는 이렇다 할 대책을 마련하지 못했으므로 반은 포기다. 하지만 틈틈이 뷰티스타그램2가 생각났다. 가장 내 마음을 흔드는 것은 쌍꺼풀 마사지다. 다시 고개를 들고 일어나는 쌍꺼풀에 대한 미련. 내 눈꺼풀은 얇은 편이라 마사지를 하면 쌍꺼풀이 금방 생길 것도 같았다. 밑져야 본전인데 물어나 볼까?

> 찐찐님, 전 쌍꺼풀 만드는 마사지법만 알고 싶어요.
> 그것만 따로 가르쳐 줄 수는 없나요?

외씨아씨

찐찐에게 메시지를 보내 놓고 괴담을 검색했다. 집까지 가면서 듣기에 좋은 길이로 하나 고르려는데 새 메시지가 들어왔다. 찐찐일 거다. 거의 실시간 대화나 마찬가지라니까. 독서실에서 나오면서 메시지를 확인했다.

찐찐

> 앗! 외씨아씨님, 쌍꺼풀 때문에 고민이군요.
> 마사지법은 따로 파는 게 아니에요. 어쩌죠?

혹시나 해서 물어본 건데 안 된다면 어쩔 수 없다.

네. 수고하세요. ⌐ 외씨아씨

찐찐 ⌐ 중학생 30퍼센트 할인 혜택 받을 수 있는데
진단 한 번 받으세요. 결정하시면 언제든지 메시지
주세요. 24시간 대기랍니다.

네. ⌐ 외씨아씨

찐찐 ⌐ 고민하는 외씨아씨님을 위해 비포와 애프터 사진을
보여드릴게요. 이번 건 3개월 관리한 회원이에요.
참고로 저도 뷰티스타그램에서 관리 받고 좋아졌어요.

찐찐이 또 사진을 보냈다. 첨부된 두 장의 사진을 터치해
봤다. 예상했던 대로 비포 사진은 헉 소리가 나게 못생겼고,
애프터 사진은 입이 떡 벌어지게 예뻤다. 특히 애프터 사진
은 딱 달라붙는 셔츠에 엄청 짧은 반바지를 입어서 그런지
메구들과도 닮았다.

'나도 저렇게 예뻐질 수 있을까?'

두 장의 사진을 번갈아 보고 있자니 마음이 요동쳤다. 그
런데 아무리 할인을 많이 해 줘도 여전히 내게는 비쌌다. 편
의점 아르바이트도 퇴짜 맞은 마당이니. 이럴 수도 저럴 수도
없구나. 진퇴양란이로다. 찐찐의 메시지는 읽기만 하고 답은
하지 않았다. 나중에라도 돈을 마련할 길이 만들어지면 그때

를 위해 안 한다는 말은 아껴 두었다.

"오늘 날씨 진짜 덥다. 푹푹 삶아대는구나. 브라질!"

열대야 때문인지 밤인데도 밖에 사람이 많았다. 길가 벤치에 앉아 한창 이야기꽃을 피우는 아주머니들도 있고, 어떤 벤치에는 할아버지가 누워 있었다. 카페며 맥줏집은 사람들로 시끌벅적했다. 그런데 대박 닭 꼬칫집은 벌써 문을 닫았다. 집에 들어가기 전에 닭꼬치 하나 사 먹으려고 했는데. 문고리에 걸어둔 표지판을 보니 오후 10시에 닫는다고 쓰여 있었다.

"이 아주머니가 돈을 많이 버셨네."

젊어서 일할 수 있을 때 기를 쓰고 벌어야지, 음식 장사는 10시면 초저녁인데 벌써 문을 닫다니……. 그따위 정신머리로. 닭꼬치 못 먹은 분을 외할머니 말투로 풀며 아파트로 향했다.

"아, 배고파."

냉장고에는 딱히 먹고 싶은 게 없었다. 혹시나 싶어 열어본 냉동고에 아이스크림이 있었다. 620g짜리 한 통을 마파람에 게 눈 감추듯 후딱 먹어 치웠다. 아이스크림은 아무리 먹어도 배가 안 부르다. 한 통 더 있었다면 그것도 바닥까지 긁어 먹을 수 있을 것만 같았다. 또 먹을 게 없는지 냉동고를 뒤지는데 꽝꽝 언 인절미가 보였다. 인절미를 꺼내 식탁 위에 올려놓았다.

"키가 크려나 식욕이 장난 아니네."

아이스크림 한 통이 배 속에서 불고 있는지 슬슬 배부른 느낌이 들기 시작했다. 인절미는 안 먹어도 될 것 같아 도로 냉동고에 넣어 놓고 세수를 했다. 뷰티 언니가 시키는 대로 깨끗이. 뷰티 클렌징 크림은 아니지만 엄마가 슈퍼에서 가져온 클렌징 크림으로 두 번 씻었다. 얼굴을 씻은 다음에 거울 앞에 서서 눈두덩이를 손끝으로 문질러 봤다. 검지 중지 약지를 모아 손끝으로 작게 원을 그리면서 안쪽에서 바깥쪽으로 조금씩 나아갔다. 마사지를 한다면 그런 식으로 할 것 같았다. 양손으로 각각 한 눈씩 맡아 마사지하다가 멈칫했다. 쌍꺼풀이 없는 눈은 더 해야지. 쌍꺼풀이 없는 왼쪽 눈만 두 번 더했다. 손을 떼고 봤더니 눈두덩이가 빨갛다.

"잘못하면 오히려 부작용 나는 거 아냐?"

쌍꺼풀 마사지를 멈추고 방으로 들어왔다. 뻘게진 눈두덩이가 걱정되었다. 퉁퉁 부으면 어쩌지. 연필꽂이에 꽂혀 있던 손거울을 빼 들었다. 얼마나 열심히 문질렀는지 흰자위까지 충혈이 되었다.

"못생겼어."

이런 기분인 채로 있는 게 싫었다. 나도 예뻐질 수 있다는, 예쁜 모습도 있다는 것을 확인하고 싶었다. 나노 슬림 테이프를 붙여 볼까, 하다가 강남성형외과 원장님처럼 세련된 도구로 쌍꺼풀을 만들어 보고 싶었다. 가늘고 기다란 J자형 스틱. 그런 게 있으면 아무 때나 간편하게 쌍꺼풀을 만들어 기분을 업 시킬 수 있을 텐데. 옷걸이는 비슷한데 너무 굵고, 시계 초침으로 하자니 시계가 망가질 테고, 실 핀은 가늘어서 좋은데 접힌 부분을 펴기가 어려울 것 같고……. 다 펼 필요 있을까? 실 핀을 벌려 잡아당기니 쉽게 벌어졌다. 맨 가운데 부분은 다 펴지지 않아 불룩했지만 상관없다. 눈꺼풀에 닿을 부분만 둥글게 구부리면 얼추 비슷해지니까. 어설프지만 나름 쌍꺼풀 스틱이 만들어졌다. 스틱을 잡고 둥글린 부분으로 왼쪽 눈꺼풀을 살짝 눌러 봤다. 오, 쌍꺼풀이 만들어졌다.

"깜박이면 안 돼."

눈꺼풀에 단단히 힘을 준 내가 거울 속에서 나를 바라보고 있었다. 눈에 힘을 주는데 입은 왜 벌어지는 건지. 멍청해 보였다. 눈도 깜박이지 못하고 있는 내가 불쌍했다. 눈이 시리고 눈물까지 맺혀 도저히 더는 견딜 수가 없어서 깜박이고 말았다.

"거울아, 거울아, 이런 나 어떠니?"

외할머니는 무조건 내가 제일 예쁘다고 해 주었을 거다. 외할머니가 그립다. 나더러 눈에 넣어도 안 아픈 손녀라고 하셨는데……. 아이고, 예쁜 것, 예쁘기만 한 것, 하며 사람들에게 자랑도 많이 하고 다녔지. 하도 예쁘다는 소리를 많이 들어서 나는 내가 진짜 예쁜 줄 알았다.

그 착각은 초등학교 2학년 어느 날 깨졌다. 늘 같이 다니던 아이가 있었다. 다은이. 내가 보기에는 다은이도 예뻤다. 나는 다은이도 예쁘고 나도 예쁘다고 생각했다. 그런데 어른들은 다은이를 보고는 예쁘다고 하고, 나한테는 아무 말 안 하거나 귀엽다고 하는 거다. 귀엽다는 말도 대충 마지못해 하는 빛이 역력했다. 다은이만 칭찬하면 옆에 있는 내가 서운해 할까 봐 덤 주듯이 툭. 그때 나는 다은이처럼 생긴 게 진짜 예쁜 거구나 하고 깨달았다.

"할머니, 나 좀 도와줘. 예뻐지는 비법의 메시지를 보내 주든지, 숨겨둔 보물이 있는 곳이라도 알려 줘. 그거 찾아내서 나도 그 프로젝트에 참여하게. 사람이 죽으면 신이 된다며. 그래서 제사 지낼 때 마음속으로 소원을 비는 거라며. 할머니, 지금쯤 신이 되었겠지? 가끔 꿈에 나타나 줘. 할머니가 나 칭찬하는 소리 듣고 싶어."

넋두리하듯 내 속을 풀어놓았다. 대답할 리 없는 거울을 바라보며 실망한 척 흐응, 콧소리까지 냈는데 느낌이 이상했다. 돌아보니 엄마와 아빠가 내 방문 앞에 서 있었다. 두 사람은 못 볼 것을 본 듯 놀란 표정이었다.

아빠가 말했다.

"이진이, 더위 먹은 거 아냐?"

민망함이 지나쳐 망한 기분. 에어컨을 켜려는지 아빠가 급히 뛰어갔다. 엄마도 어서 사라졌으면. 하지만 그건 바람일 뿐. 발자국 소리가 가까워지고 엄마가 내 옆에 섰다. 곧 돌아온 아빠 손에는 얼음을 동동 띄운 물컵이 들려 있었다. 엄마가 받아 나에게 건넸다. 진짜 더위 먹은 척 물을 들이켰다. 찬 공기가 방 안으로 들어오기 시작했다. 절전을 강조하던 아빠가 이제부터는 혼자 있어도 에어컨을 켜라고 했다. 엄마가 아빠에게 먼저 자라고 하자 아빠가 조금 머뭇거리다 나갔다.

어정쩡 웃고 있는데 엄마가 말했다.

"이진이, 너……."

"응?"

"할머니 생각나? 할머니 보고 싶어?"

아, 외할머니 이야기였구나. 난 또 뷰티에 대한 이야기를 꺼내는 줄 알았네.

"아냐. 그냥 장난이야. 어디부터 들었어?"

"할머니가 신이 되었냐, 꿈에 좀 나타나라, 그런 말. 할머니에게 하고 싶은 말 엄마에게 하면 안 돼? 왜 엄마를 왕따시키고 그래?"

뷰티프로젝트 이야기는 못 들은 눈치다. 다행이다. 그게 뭐냐고 따지고 들면 곤란하다. 100만 원 어쩌고 하면 기함을 하고 훼방 놓을 건 뻔한 일. 그러니까 내가 외할머니를 찾은 거라고! 하지만 엄마가 서운해 하는 건 내가 바라는 일이 아니다. 어쩐지 미안해져 화제도 돌릴 겸 선심 쓰듯 인터뷰는 어땠냐고 물었다.

"아, 인터뷰는 괜찮았어. 생각보다 잘한 것 같아."

엄마가 금세 표정이 밝아져 내 침대에 걸터앉았다. 나도 모르게 벽시계로 눈이 갔다. 1시가 넘었다. 엄마도 너무 늦었다고 생각했는지, 아쉬운 표정으로 일어섰다.

"나중에 이야기하자. 너무 늦었어."

"글 쓰면 나 보여 줄 거지? 궁금해."

좀 전의 민망한 꼴을 만회하려고 듣기 좋은 말을 골라 했다.

"정말 읽어 줄 거야?"

"당연하지."

"이진이가 읽어 준다니 좋다. 부끄럽지만 부탁할게."

"이제부터 내가 첫 번째 독자이자 비평가야."

점점 말이 걷잡을 수 없이 흘러갔다.

"고맙다, 우리 딸. 너도 이만 자라. 에어컨 켜 둘 테니 문 열어 놓고 자."

"그런데 엄마, 내 방에 들어올 때 노크 좀 해."

한 번은 이 말을 하고 싶었다.

"네 방문 열려 있었어. 지나가는데 네가 거울 보며 말하는 소리가 들리잖아. 그래서 그냥 서서 들었을 뿐이야."

"다음부터는 기척이라도 해."

"했는데 네가 못 들은 거지. 얼마나 열심히 들여다보던지 거울을 뚫고 들어갈 것 같더라. 그만 자."

엄마가 방에서 나가고 나는 침대로 올라갔다. 거실에서 리모컨 조작하는 소리가 들리고 곧이어 거실 등마저 꺼졌다.

스마트폰 진동 소리에 잠에서 깼다. 아침 8시다. 이 아침에 누가 나에게 문자를 보냈을까? 정효정이었다. 정효정이 동영상을 보냈다.

정효정 ─ 반장. 아침부터 미안해. 동영상은 열어 보지 않아도 돼. 그냥 보내는 거야.

내가 안 봐도 되는 거면 왜 나에게 보내는 건지. 안 봐도 된다고 하니까 더 보고 싶어졌다. 동영상을 열어 봤다. 정효정이 계단에서 내려오는 장면이다. 셀카로 찍었는지 허리 아랫부분만 촬영되었다. 정효정의 우람한 다리가 쉴 새 없이 계단을 내려갔다. 시간이 갈수록 정효정의 거친 숨소리가 들려왔다.

"왜 이런 걸 나에게……."

동영상을 다 보고 났더니 정효정의 문자가 또 와 있었다.

정효정 — 귀찮으면 무음으로 설정해 놓고 신경 쓰지 마.

어떻게 신경을 안 써. 정효정 정말. 이래서 내가 친구를 안 만드는 거라니까. 말 좀 길게 섞었다고 바로 민폐를 끼치잖아. 모처럼 잠 잘 자고 있었는데 이른 아침부터 깨우고 난리야.

정효정 — 계단 운동하는 거 동영상 찍어서 아는 사람에게 보내래. 그러면 작심삼일을 막을 수 있대. 그래서~.

누가 보내래? — 오이진

정효정 — 뷰티스타그램. ㅋㅋㅋ

뷰티스타그램2? — 오이진

정효정 — 응. 그게 그거야. 둘 다 그 언니가 하는 것 같아.

같아? — 오이진

정효정 — 같은 채널이야. 확실해.

아, 그래. 왜 이름을 바꾸는 거야? — 오이진

정효정 — 콘셉트를 바꿀 때마다 채널 이름도 바꾸는 듯.

자주 그러면 헷갈릴 것 같은데. — 오이진

정효정 ◁ 회원이나 마니아들은 걱정 없어. 따로 메시지 주거든.

아. 프로젝트 시작한 거야? ▷ 오이진

정효정 ◁ 응. ㅋ

　정효정이 돈을 마련한 모양이다. 어떻게 그렇게 많은 돈을. 편의점 아르바이트만으로는 모자랐을 텐데. 정효정에게 전화 통화 가능하냐고 물었다. 그러자 정효정이 냉큼 전화벨을 울렸다.

　"어, 반장."

　정효정이 헉헉 숨소리를 내더니 이어서 말했다.

　"혹시 너 공부하는 시간이니? 내가 방해한 거야? 미안하다, 미안해."

　"아냐. 자고 있었어. 반장이라고 부르지 말라니까."

　"아. 그래. 어제 밤늦게까지 공부했냐? 아직도 자게."

　왜 자꾸 공부 쪽으로 몰고 가는지 모르겠다. 공부 못하는 아이들은 공부 잘하는 사람에게 이상한 환상 같은 게 있나 보다.

　"그게 아니라 돈은 어떻게 마련했어? 엄마가 준 거야?"

　"우리 엄마? 엄마한테는 말도 안 꺼냈어. 이거 완전 비밀이야. 가이드 언니한테 말하니까 또 꿔 주었어. 할인도 해주고

꿔 주기도 하니까 너무 좋아.”

“진짜? 친절하네. 그럼 돈 없는 사람들도 다 하겠다.”

“대신 한 달 후에 만 원을 더 얹어서 갚으래. 그 정도는 뭐 껌이지.”

“아, 그래?”

“만 원이면 용돈 좀 덜 쓰면 되지, 뭐.”

정효정은 쉽게 말하는데 나는 뭔가 개운하지가 않았다. 정효정이 가장 싼 A코스로 진단 받았다면 100만 원이고, 거기서 가이드가 30퍼센트 할인을 해준다 해도 70만 원이다. 한 달 후에 편의점 아르바이트비를 받으면 얼마나 될까? 하루 3시간 꼬박 30일 동안 일해야 85만 원 조금 넘는다. 정효정은 이미 방학을 며칠 까먹은 다음에 일을 시작했고, 개학하면 아르바이트를 못 하니까 결국 한 달을 채우지 못할 것이다. 게다가 가입비 18만 원도 꿔서 냈다고 했으니까 그것도 갚으면 한 달 후에 가이드에게 줄 돈이 모자랄 것이다. 그러면 상환일이 미뤄지고 두 달 후에는 2만 원을 얹어서 갚아야 한다. 정효정이 그런 것까지 계산을 했을까? 나는 속으로 꿔서는 하지 말지, 하고 생각했다.

“나 개학하면 밤에 알바할 거야. 벌써 사장님께 말해 두었어.”

그러면 되겠다. 다달이 만 원씩 덧붙여져 나중에 큰 덩어리가 될 일은 없을 것이다.

"사장님이 그러래? 너 일 잘하나 보다."

"내가 열심히는 하지."

"그 비싼 프로젝트 비용을 네 힘으로 대다니, 정효정 대단하다."

"방법은 다 있더라. 나 원래 D코스로 나왔는데 중학생이라고 A코스로 해 주었어. A코스는 살부터 빼고 기초를 다지는 단계래. 돈 내자마자 일주일치 프로그램을 보내 주더라고. 그래서 시작하는 거야. 가이드 언니가 뷰티 벨트를 차고 운동하면 더 효과 있다고 하는데 그건 아직 못 샀어. 너무 비싸."

정효정은 신나 보였다. 뷰티스타그램2에서 시키는 거라면 뭐든지 할 기세였다. 정말 정효정이 계단 운동을 해서 살을 쭉 빼면 많은 부분이 개선될 수도 있을 것이다. 엄마 말마따나 눈두덩이 살도 빠져서 자연스럽게 쌍꺼풀도 생길지 모른다. 정효정은 좋겠다. 예뻐진 정효정을 상상하니 또 마음이 꿈틀거렸다. 정효정처럼 돈을 꿔서 할 배짱은 없지만, 돈만 구하면 당장 가입하고 싶었다.

뷰티스타그램2에 들어가 봤다. 첫 화면에 맛보기 영상이 떠 있었다. 정효정이 계단 운동을 하는 것처럼 스타 언니도 계단을 오르고 있었다. 민소매 티에 무릎까지 내려오는 레깅스를 입고, 허리에 넓은 벨트를 차고 있었다. 벨트는 정효정이 말한 그 뷰티 벨트인 것 같았다. 스타 언니의 발이 계단을 짚을 때마다 엉덩이가 좌우로 리드미컬하게 움직였다.

"우리 스타님들, 보고 있나요?"

이 언니는 자기 닉네임을 스타 언니로 지었고, 회원들에게는 스타님이라고 불렀다.

"계단 오르기는 전신운동이에요. 허리, 엉덩이, 허벅지, 종아리, 우리 몸에서 중요한 부분에 근육을 키워 주는 운동이죠. 팔까지 앞뒤로 흔들어 주면 어깨 근육까지 챙길 수 있어요. 하나, 둘, 셋, 넷. 하나, 둘, 셋, 넷. 우리 스타님들, 내가 아까 엘리베이터 타고 내려갈 때 허리 사이즈 잰 거 기억하시나요? 몇 인치였죠? 24.5인치. 잘 기억하고 있어요."

내려갈 때는 엘리베이터를 타고 내려갔다는 거네. 정효정은 내려가는 운동을 했는데. 내가 생각해도 내려가는 것보다는 올라가는 게 운동 효과가 좋을 것 같았다. 으이구, 정효정은 제대로 알고 좀 하지.

화면이 스타 언니의 얼굴로 꽉 찼다. 이마에서 땀방울이 솟는 모습을 클로즈업한 것이다. 땀 흘리는 모습도 예뻤다. 화면이 아래로 내려가 허리에 찬 벨트를 보여 주었다. 스타 언니가 계단 오르기를 멈추고 벨트를 풀었다. 벨트에서 땀방울이 후두둑 떨어졌다.

"우리 스타님들, 이것 좀 보세요. 허리에서 땀이 이렇게나 많이 나왔어요. 아마 2센티미터는 충분히 줄었을 거예요. 한 번 재 볼까요?"

스타 언니가 허리춤에서 줄자를 꺼내 허리를 재는데, 23.5 인치다. 스타 언니는 계단 운동하기 전에 찍어둔 화면을 공개한다며 오른쪽에 작은 화면을 띄웠다. 24.5인치가 표시된 허리 사진이다. 무려 1인치나 줄었다. 계단 운동 한 번에. 스타 언니가 살집이 있는 스타님들은 더 효과를 볼 거라는 말을 보탰다. 정효정이 이 영상을 보고 홀딱 반할 만했다.

영상은 여기까지였다. 댓글에 벨트에 대한 이야기가 올라오기 시작했다. 얼마냐, 정말 땀이 그렇게 많이 나냐, 어느 정도 차야 효과 있냐 등등. 곧 뷰티스타그램2라는 이름으로 댓글이 달렸다.

ㄴ 뷰티스타그램2- 우리 스타님들~.
상단 메뉴 중 '뷰티상품'을 클릭하면 구입하는 방법 자세히 설명되어 있어요. 카드로 하면 결제 프로그램 설치해야 하고, 본인 인증도 해야 해서 복잡할 거예요. 계좌이체를 권장해요.
우리 모두 예뻐지는 그날까지 함께해요.

답이 안 나온다, 답이!

나노 슬림 테이프가 가방에 있나 확인하고 집에서 나왔다. 엘리베이터에서 나노 슬림 테이프를 붙일까 했는데 사람들이 많아서 못 했다. 학원에 도착해서 화장실부터 갔다. 세면대 앞에서 나노 슬림 테이프를 꺼내 작업에 들어갔다. 이제는 많이 숙달되어서 실수가 별로 없다. 한 번에 성공.

"훨 나."

나노 슬림 테이프를 붙이고 나면 늘 드는 생각이다. 양 눈 꺼풀이 똑같은 두께로 접히는 것만으로도 얼마나 기분 좋은지 모르겠다.

'콜라나 빼 마셔야겠다.'

이미 자판기 쪽으로 방향을 틀었는데 거기에 다섯 명의 이쁜이들이 있었다. 요즘 저런 스타일의 여자들을 많이 봐서 그런지 이쁜이라는 말이 저절로 나왔다. 내 실수다. 다시 정정하여 메구들. 한동안 잠잠하더니 저것들이 왜 또 나타났을까? 달라진 점이 있다면 조금은 조용해졌다는 거다. 주의를

들은 것임이 틀림없다. 콜라를 마시겠다는 마음을 접을까 했
는데 이미 그쪽으로 방향을 튼 이상 발걸음을 돌리는 건 더
우스울 것 같았다. 가까이 가기 정말 싫었지만 그냥 직진했
다. 만약 또 뭐라 하면 저번에 당한 일까지 따져서 대들리라.

"잠깐만 저리 좀."

메구들이 순순히 하얗고 긴 다리를 옆으로 옮겨 주었다.
나는 천 원짜리를 지폐 투입구에 넣고 콜라를 선택했다. 콜
라를 집어 들 때 메구들 중 한 명의 손에 꽃다발이 들린 걸
봤다. 김민우에게 축하할 일이라도 있는 모양이었다. 웃음소
리도 안 내고 눈도 마주치지 않고 자연스럽게 콜라를 들고 A
강의실로 향했다. 뒤에서 메구 중 한 명의 목소리가 들렸다.

"아씨. 뭐냐?"

딴에는 작게 소리를 낸 모양인데 다 들렸다.

"봤냐?"

"쟤 원래 저러고 다녀."

다섯 명이 다 같이 웃어댔다. 또 나야?

"진짜 답이 안 나온다, 답이."

순간 열이 혹 뻗쳤다.

'이 미친 것들이 왜 자꾸 내 신경을 긁는 거지?'

"이 동네 애들 진짜 개구려. 다 좀비 같아."

이 동네 애들? 나 하나만 갖고 찧고 빻는 게 아닌가. 아주

조금 기분이 덜 나빠졌다. 메구들이 또 뭐라 지껄이는지 더 들어 보고 싶다는 생각이 들었다. 강의실로 들어가려던 걸음을 돌려 벽으로 가 기대섰다. 메구들과는 슬쩍 비낀 자세로 콜라 캔을 땄다. 다 마시고 강의실에 들어가겠다는 듯 홀짝홀짝 마셨다. 메구들은 계속 지껄였다. 내가 강의실로 들어간 줄 아는지, 나 같은 건 전혀 신경 쓰지 않는 눈치였다.

"어떤 애는 스카치테이프 같은 거 붙이고 다녀. 졸라 쪽팔려. 내가 쌍꺼풀 마사지법 알려 준다고 했더니 개좋아하더라."

어떤 애가 누구지? 이 말에서는 나랑 살짝 멀어졌다. 내 나노 슬림 테이프는 스카치테이프랑은 차원이 다르다. 스카치테이프의 20분의 1 두께니까. 쌍꺼풀 마사지법에 대해서도 메구들과 이야기해 본 적이 없다. 나에게 쌍꺼풀 마사지법을 알려 준다는 사람 역시 한 명도 없었다. 찐찐이랑 정효정과는 했지만. 찐찐은 따로 파는 게 아니라고 했고, 정효정도 비슷한 말을 했다.

"레이슨가 뭔가는 안 파냐?"

"그게 그래도 제일 낫잖아."

"적당한 때에 내밀어야지."

"야, 너 그딴 건 뭐라 구라치고 파냐?"

"나도 하는 거라고 하면 뻑 가."

"좀비들이 그걸 믿어?"

레이스는 또 뭐야. 신제품인가? 메구들은 뭐가 그렇게 재미있는지 깔깔깔 웃어댔다. 이러니 퇴출 소리나 듣지. 왜 남의 학원에 와서 소란을 떠는지 알 수가 없다. 이 흘깃거리는 눈치를 모른단 말인가. 갑자기 메구들이 계단 쪽으로 우루루 뛰어갔다. 김민우가 올라오고 있었다.

또 시작이군. 메구들이 수선을 피우는 동안 나는 자판기 옆 쓰레기통으로 갔다. 콜라 캔을 쓰레기통에 넣고 돌아설 때였다. 언뜻 박찬석이 보였다. C반 강의실로 옮긴 거구나. 박찬석이 뭔가 할 일이 있는 사람처럼 C반 강의실 문 앞에서 서성이고 있었다. 설마 메구들이 하는 소리를 다 들은 건가? 내가 또 당했다고 생각하는 거 아냐? 하필 이런 때 박찬석이 나타날 게 뭐람. 나는 박찬석과 맞닥뜨릴까 싶어 얼른 A반 강의실로 들어와 버렸다.

'그나저나 내 나노 슬림 테이프도 티가 나나?'

내가 정효정의 비닐 테이프를 알아본 것처럼 다른 사람들도 내 나노 슬림 테이프를 알아보면 어쩌지? 불안했다. 이마저도 못 하게 되면 나는 어떻게 해야 하나. 스마트폰 액정에 얼굴을 비춰 봤다. 티 난다 생각하고 봐서 그런지 티가 났다. 눈을 뜨고 있을 때는 괜찮은데 깜박일 때는 눈꺼풀에서 반짝반짝 빛이 났다. 이럴 줄 몰랐다. 서둘러 눈두덩이를 더듬어 나노 슬림 테이프를 떼어 냈다. 손끝으로 나노 슬림 테이프를 말아 작은 덩어리로 만들고 있을 때였다.

"야! 뭐야."

이 목소리는 김민우다. 곧이어 매우 소란스러워졌다. 메구들이 저마다 한마디씩 하는데, 절반이 욕이다. 졸라, 접대가리 짱박아 놓은, 개미친, 초딩 새끼가, 세탁비 토해 내 등등. 김민우에게 무슨 일이 생긴 것 같았다. 아이들이 구경하러 나갔다 들어와서는 김민우 완전 개 됐다며 수군거렸다.

곧 김민우가 씩씩대며 들어왔다.

"아, 씨! 초딩 새끼."

단단히 화가 난 눈치였다. 김민우는 한쪽 발을 질질 끌며 걸었다. 누렇게 젖은 운동화에 발끝만 대충 걸친 채. 자리로 온 김민우가 꽃다발을 책상 위에 아무렇게나 던지고 의자를 빼 앉았다. 곧이어 척, 하고 운동화가 바닥에 내동댕이쳐지는 소리가 들렸다. 운동화에서 누런 물이 흘러나와 바닥에 흩뿌려졌다. 음료수가 김민우 운동화에 제대로 쏟아진 것 같았다.

"뭘 봐!"

김민우가 아이들에게 눈을 부라렸다.

"큭."

누군가 못 참고 웃었다. 웃음소리와 함께 내 속도 조금 풀렸다. 김민우는 웃은 사람을 찾는 듯 눈을 부라리며 둘러보았다. 나는 김민우와 눈이라도 마주칠까 봐 얼른 책을 폈다.

다른 아이들도 김민우로부터 시선을 거두었다. 김민우는 봐 주는 사람이 없어서 그런지 조용해졌다. 오늘 김민우는 영어 수업만 듣고 수학은 땡땡이칠 거다. 폼생폼사 김민우가 저런 꼴로 있을 리가 없다. 어쩌면 지금 이 시간도 선생님이 들어오기 전에 나갈 궁리를 하고 있을지도 모른다. 그걸 기대하고 메구들이 아직도 복도에서 떠나지 않고 있는 거다.

"오, 김민우, 너 교복 모델 됐어?"

김민우 옆에 앉은 아이가 꽃다발 리본에 쓰인 글을 읽으며 말했다. 오호, 그래서 메구들이 온 거로군. 교복 모델이라니, 결국 데뷔를 했구나. 아이들이 우, 하는 환호성 비슷한 소리를 내 주었다.

영어 수업이 시작되자 밖에 있던 메구들이 강의실 안을 기웃거리더니 사라졌다. 김민우가 나올 기미가 없어 보이니까 포기한 것 같았다. 김민우는 영어 수업을 빼먹을 생각이 없어 보였다. 예상했던 대로 김민우는 영어 수업을 마치자마자 젖은 운동화를 꺾어 신고 나갔다. 나가면서 초딩 새끼, 라는 말을 한 번 더했다. 아마도 키 작은 남자아이가 자기에게 음료수를 쏟은 모양이다. 김민우가 나가니 앓던 이가 빠진 듯 속이 시원했다. 이참에 이 학원을 끊으면 안 되나. 김민우가 안 끊으면 2학기부터는 내가 끊어야지. 인터넷 강의를 듣든지, 다른 동네에 있는 더 좋은 학원을 물색해 보든지. 김민우를 피해 다닐 생각을 하니 다시금 메구들이 한 말이 생각났다.

'답이 안 나온다, 답이.'

이제는 나노 슬림 테이프도 못 붙이게 되었다. 내 자존심을 올려 줄 그 무엇도 없다. 미적거릴 여유가 없다. 뷰티프로젝트에 참여해야 할 시점이 된 것이다. 그것도 당장. 그동안은 돈 때문에 행동에 옮기지 못했는데 이제는 없는 돈도 만들어야 할 판이다.

수학 수업을 마치고 대박 닭 꼬칫집에 갔다.

"어서 와. 오늘은 영어 회화 안 듣네?"

아주머니가 물었다.

"네?"

"늘 이어폰 꽂고 공부하는 거 같아서."

"아, 네."

굳이 사실대로 말할 필요는 없으므로 그냥 웃었다.

"쫄면 새로 시작했는데 한번 먹어볼래? 소스가 맛있게 되었어."

"어, 이젠 쫄면도 해요?"

"응. 쫄면은 소스 맛이잖아. 드디어 맛있는 소스를 만들어서 오늘부터 시작이야."

"저 지금 쫄면 당겨요. 닭꼬치 하나랑 같이 주세요."

"간장소스로 발라 줄까? 쫄면이 매우니까."

"네. 좋아요."

아주머니 덕분에 괴담이 생각났다. 그동안 뷰티프로젝트 때문에 소원했던 괴담. 괴담 채널로 들어갔다. 쫄면처럼 심장을 쫄깃쫄깃 쪼여 줄 이야기 하나 고르면 좋을 텐데. 그전에 '오디션 괴담'을 열어 보는 게 나에 대한 예의지. 조회 수도 올릴 겸. 두 개의 글 모두 지지부진했다. 다만 아주 조금 변한 게 있다면 '오디션 괴담2'에 달린 슈퍼쾌남의 댓글이다. 댓글이 수정되어 있었다. '너 누구냐니까!?'로. 누가 썼는지가 왜 궁금할까?

"외씨아씨다. 왜."

혼잣말로 중얼거리고 있자니 댓글이 수정된 시간이 눈에 들어왔다. 오늘 10시 40분. 한 시간 전이다. 60페이지쯤 뒤로 밀려난 비인기 글을 아직도 찾아보는 사람이 있다니. 슈퍼쾌남, 누군지 모르지만 고맙다, 고마워.

게시판 맨 위에 반짝반짝 이모티콘을 앞세운 공지문이 올라와 있었다.

2022년 오디오 괴담 공모전
벌써 8월 막바지로 치닫고 있습니다.
올 여름에도 오디오 괴담 시리즈 잘 즐기셨나요?
여러분도 잘 아시다시피 우리가 즐긴 괴담은 작년 이맘때 공모전에 뽑힌 작품들입니다. 올해도 어김없이 괴담 공모전을 엽니다. 내년 여름 우리를 시원하게 해 줄 괴담을 게시판에 올려 주시면 네티즌들의 반응과 심사위원들의 의견을 종합하여 총 23편의 작품을 선정하겠습니다.

작품의 길이: 제한 없음

주제: 제한 없음

게시일: 지금부터 9월 말까지

발표: 11월 1일

상금: 1등-1명 100만 원, 2등-2명 50만 원, 3등-20명 10만 원

* 선정된 작품은 내년 7월부터 괴담 채널에서 청취할 수 있습니다.

게시판에 창작 괴담을 올리면 네티즌들과 심사위원들의 선택에 따라 순위를 정해 상금을 준다는 거다. 1등은 상금이 100만 원이다. 와우, 머릿속이 환해졌다. 희망이 보였다. 내가 괴담이라면 꽤 들은 편이다. 나름 좋고 나쁨도 평할 수 있다. 인기 있는 이야기가 어떤 건지도 안다. 이를테면 주인공이 피치 못한 사정으로 끔찍한 상황에 처하고, 나중에 반전이 있으면 대박이다. 끔찍한 상황은 아주 많이 끔찍하면 좋고, 반전은 상상을 초월하면 좋다. 반전을 더 빛나게 하는 요령도 알고 있다. 소재가 우리 주변에서 흔하게 볼 수 있는 것이어야 한다. 층간 소음처럼 평범하게 경험할 수 있는 상황 같은

거. 거기에 괴기스러운 일을 보태면 완전 오싹이다.

"맛있게 먹어."

쫄면과 닭꼬치가 나왔다.

"네."

김민우와 메구들을 주인공으로 한 괴담을 만들면 어떨까? 나쁘지 않아. 나쁘지 않은 정도가 아니라 매우 좋은 생각이다. 괴담을 만들려면 아무래도 괴담 공부를 좀 더 해야 하니까 많이 들을 필요가 있다. 요즘 가장 핫한 괴담을 고르기 시작했다. 마침 최근에 올라온 것 중에 닭꼬치가 들어간 제목이 있었다. 주변에서 쉽게 볼 수 있는 소재, 이 원칙에 딱 들어맞는다. 닭꼬치를 가지고도 괴담을 썼네, 하며 이어폰을 귀에 꽂았다.

"닭꼬치 재미있겠다."

말하고 보니 말이 이상했다. 아주머니도 들었는지 나를 힐끔 봤다. 나는 싱긋 웃으며 닭꼬치를 한 입 베어 물었다. 오물오물 씹으면서 소리에 집중했다.

제목이 '독특한 닭꼬치'다. 이 괴담은 닭꼬치를 전문으로 파는 포장마차에서 시작된다. 남자가 닭꼬치를 한 입 깨물어 먹으며 맛있다고 말했다. 여자도 맞장구쳤다. 다른 닭 꼬칫집하고는 맛이 확실히 다르다고 했다. 나는 젓가락으로 오이채를 밀어내고 쫄면을 집었다. 빨강 소스가 면을 타고 흘러내렸다. 침이 고였다. 입안으로 쫄면을 밀어 넣고 우적우적 씹어 넘긴 다음에 닭꼬치 한 입을 깨물었다. 매운 입안을 달착지 근한 닭고기가 달래 주니까 궁합이 딱 맞았다. 남자가 닭꼬치 아주머니에게 묻는다. 맛의 비결이 뭐예요? 그러자 아주머니가 빙긋이 웃으며 말했다. 소스에 정성을 들이죠, 라고. 나는 대박 닭 꼬칫집도 소스가 맛있다고 생각했다. 이 아주머니도 소스에 꽤나 신경을 쓰고 있고, 언젠가는 새로 개발한 소스를 발라 줄까, 하고 물은 적도 있다. 좀 전에는 쫄면 소스를 개발했다고 하고. 다시 쫄면 한입에 닭꼬치를 한 입 빼 먹었다. 여자가 남자에게 말했다. 아주머니 옆에 있는 고양이가 귀엽다고. 남자는 자기네 아파트 단지에 길고양이들이 많았는데 요즘은 잘 안 보인다고 하고, 여자는 아파트 지하 주차장에 있을 거라고 했다. 겨울에는 추우니까 자동차 아래에 들어가 있기도 한다면서. 나도 우리 아파트 지하 주차장에서 고양이를 본 적이 있다.

'왜 갑자기 고양이 이야기를 하지?'

고양이가 이 괴담의 중요한 포인트인가 보다. 그러고 보니이 닭 꼬칫집 주방에도 고양이가 있다. 식당에서 무슨 고양이를 키울까, 나는 마땅찮은 눈빛으로 고양이를 바라보았다. 고양이도 동그란 눈을 반짝거리며 나를 바라봤다. 고양이 눈이 내 눈보다 예쁘다는 생각을 하고 있을 때, 괴담 속 아주머니가 포장마차 문 닫을 시간이라고 말한다. 손님들이 너무 일찍 닫는다고 구시렁댄다. 아주머니는 고기가 떨어져서 장사를 할 수 없다고 말한다. 재료가 떨어졌다는데야 손님들도 할 말이 없다. 나는 얼마 안 남은 쫄면을 젓가락으로 감아올렸다. 빨강 물이 뚝뚝 떨어지는 면을 입에 넣고 오물오물 씹었다. 괴담 속 손님들은 쫓겨나다시피 떠나는데, 나는 느긋하게 앉아서 먹고 있다. 맛있다. 남자가 여자에게 옆에 치킨집으로 가자고 한다. 여자가 남자를 따라가면서 말한다. 닭 꼬칫집 맛의 비결은 소스가 아니라 고기에 있다고. 유난히 쫄깃쫄깃하다며. 나도 닭꼬치가 쫄깃쫄깃해서 맛있다고 생각했다. 남자와 여자가 치킨집으로 들어가고, 포장마차에서 아주머니가 나왔다. 퇴근하는 거다. 여자가 유리창으로 아주머니를 본다. 여자가 저 자루는 뭐지, 하고 물었다.

그때였다.

"안녕?"

한창 재미있는데 누구? 나는 이맛살을 찌푸리며 그 사람을 봤다.

"박찬석?"

박찬석이 옆 테이블에 의자를 빼 앉았다.

"오랜만이다, 오이진."

박찬석이 하얀 이를 드러내며 웃었다. 오랜만이라고 하는 걸 보니 아침에 학원에서 나를 보지 못한 눈치였다. 아주머니가 박찬석에게 뭘 시킬 거냐고 물었다. 박찬석은 쫄면이랑 닭꼬치 두 개를 시켰다. 괴담으로 관심을 돌리려는데, 아주머니가 둘이 아는 사이면 합석하면 어떻겠냐고 물었다. 나는 거의 다 먹어서 곧 일어날 거라고 했더니, 아주머니가 더는 권하지 않았다. 그러는 동안 '독특한 닭꼬치'가 훅 지나가 버렸다. 더는 안 되겠다. 이어폰을 뺐더니 박찬석이 물었다.

"뭐 들어? 영어?"

"아니. 재미있는 거."

"재미있는 거면 나도 좀 알려 주라. 나도 하나 알려 줄게."

괴담 듣는 게 자랑스러운 일은 아니라 나는 잠시 머뭇거렸다.

"싫으면 관두고."

마침 박찬석이 시킨 쫄면이 나왔다. 박찬석은 계란을 먼저 입에 넣었다. 나랑은 먹는 순서가 다르네, 생각하며 내 계란을 내려다봤다. 배도 부르고 아침에도 한 알 먹었으니 계란은 먹지 말아야겠다고 생각했다. 그보다 큰 이유는 어서 박찬석과 헤어지고 싶었다. 오랜만에 본 초등 동창 앞에서 개망신을. 와, 정말 메구들에 대한 분노가 또 치솟았다. 나는 털어 내듯 고개를 흔들고 의자를 뒤로 뺐다.

"가려고? 계란이 남았는데 안 먹어?"

옆 자리에 앉아서도 내 그릇 안에 있는 계란이 보이는지.

그냥 대충 떠날까 했는데 박찬석의 웃는 얼굴을 무시할 수 없어서 대답해 주었다.

"응."

"아깝다."

우리가 나누는 이야기를 아주머니가 들었는지 끼어들었다.

"학생, 계란 하나 더 줄까? 한창 클 때라 많이 먹어야 해."

박찬석이 괜찮다고 손사래를 쳤지만, 아주머니는 기어이 계란 반쪽을 가져왔다. 박찬석은 사양했으면서도 계란을 받아 넙죽 입에 넣었다. 뜻하지 않게 지체된 것 같아 나는 얼른 자리에서 일어났다.

"나 갈게."

"아, 그래."

박찬석이 나를 올려다보더니 바로 기침을 해댔다. 사레들린 것 같았다. 계란 먹을 때는 호흡 조절을 잘해야 하는데. 박찬석이 괴로워하니까 아주머니가 나더러 등을 두드려 주라고 했다. 이 무슨 황당한 일인지. 사람들이 보고 있어서 안 할 수도 없고. 내키지 않았지만 주먹으로 박찬석의 등을 두드려 주었다. 좀 진정이 되었는지 박찬석이 물을 마셨다. 얼굴이 시뻘겋다. 박찬석이 큼큼대면서 간신히 미안, 하고 말했다. 이런 박찬석을 혼자 먹게 두고 나가기가 좀 그랬다.

"어서 먹어."

나는 박찬석의 맞은편 의자를 빼 앉았다.

"괜찮은데……."

박찬석이 계면쩍은 얼굴로 웃었다. 나도 민망해하지 않아도 된다는 표정으로 물을 따라 한 모금 마셨다. 박찬석이 편안해진 얼굴로 쫄면을 먹기 시작했다. 천천히 먹어도 되는데 내가 기다리는 게 미안한지 속도가 빨랐다. 젓가락질도 참 잘했다. 지렛대의 원리를 이용해서 야무지게 면을 잘도 집어 올렸다. 사람들의 관심도 잦아들었고, 박찬석도 진정된 것 같으니 이제는 일어나고 싶었다.

"그럼 나 갈게."

"아, 그래. 아이스크림 안 먹을래? 내가 살게."

"아냐. 됐어. 천천히 먹고 나와."

대박 닭 꼬칫집에서 나오니 더운 공기가 훅 끼쳐 왔다. 비 뿌릴 때가 된 것 같았다. 나는 작열하는 햇볕을 피해 얼른 옆 건물 안으로 들어갔다. 그날 박찬석이……. 박찬석 생각이 났다. 얼굴이 화끈거렸다. 엘리베이터를 기다리면서 고개를 흔들었다. 그날 일은 생각하지 말자, 생각하지 말자, 하고 읊조리며 이어폰을 귀에 꽂았다. 포장마차에서 닭꼬치를 먹던 남자와 여자가 치킨집에서 나온다. 나는 대낮이고, 괴담 속 세상은 밤 11시가 넘었다. 남자와 여자가 아주머니를 미행한다. 아주머니는 아파트 단지로 향한다. 아주머니 집이 아파트인가 보다. 아직은 끔찍한 일을 벌일 단계가 아닌 것 같았다.

독서실 문을 열었다. 시원한 바람이 온몸을 감쌌다. 내가 문 앞에 서서 바람 샤워를 하고 있을 때, 아주머니는 아파트 화단으로 들어가고 있었다.

'오, 마이 갓!'

방금 먹은 닭꼬치를 게워 내고 싶을 정도로 끔찍했다. 괴담이 이 정도는 돼야 한다. 나도 과연 이렇게 쓸 수 있을까? 써야만 한다. 써서 상금을 타야 한다. 상금으로 뷰티프로젝트에 참여하고, 예뻐져서 메구들 코를 납작하게 해 줄 거다.

책상 앞에 앉아 결의를 다지고 있는데 메시지 알림 진동이 울렸다. 찐찐으로부터 온 메시지였다.

찐찐 〈 아직도 결정 못 했나요?
참고하시라고 자료 보내드릴게요.

찐찐 〈 사례1- 〇〇〇(중학교 2학년, 여자)
가입 날짜: 2020년 5월 25일
키: 160, 체중: 65, B: 96 W: 80 H: 98
얼굴형: 볼이 통통하고 광대 나옴
쌍꺼풀: 없지만 눈꺼풀이 얇음, 코: 평범
피부색: 전체적으로 칙칙하고 군데군데 붉은 기가 있음
진단 결과: B코스

> 특이 사항: 눈꺼풀에 테이프를 장시간 붙여 짓무름
>
> 어머니의 지원으로 **지금 매우 열심히 참여 중**
>
> **현재 체중을 5Kg 뺐음**
>
> **쌍꺼풀 만족**

굵은 글씨로 표시한 부분이 눈에 들어왔다. 쌍꺼풀 만족이라는 말은 쌍꺼풀 마사지로 쌍꺼풀을 만들었다는 말인가. 찐찐이 또 문자를 보냈다.

찐찐 —
> 웬만해서는 D코스로 진단 받지는 않아요.
>
> 정말 최악일 때나. ㅜㅜ
>
> 설사 D코스라도 제가 A코스 가격으로 조절해드릴 수
> 있어요.
>
> 그러니 가격 때문에 너무 겁먹지 마세요.
>
> 제가 최선을 다해 도와드릴게요.

찐찐의 메시지를 읽어 보니 코스라는 게 등급으로 읽혔다. 사람의 외모를 A에서 D등급으로 나눠 놓고 그에 맞는 프로젝트를 운영하는 것 같았다. 그렇다면 D등급은 가장 최악의 외모라고 보면 된다.

"헉, 정효정!"

D등급, 나 원 참! 사람이 한우도 아니고 등급을 매기고 그래. 정효정은 코스가 등급인 거 알고도 나한테 D코스로 진단 받았다는 말을 한 걸까? 하여간 정효정 쿨한 건 인정해 줘야 한다니까. 하긴 지금 D코스여도 나중에 예뻐지면 되니까 상관은 없다. 인정할 것은 인정해야 개선될 수 있는 거다. 나도 그 부분은 정효정처럼 쿨하게 받아들이려고 한다.

네. 곧 결정할게요. ─ 외씨아씨

찐찐 ─ 그럼 또 연락드릴게요. 안녕.

입안이 바짝 타 들어갔다. 결정을 내릴 때가 된 것 같다. 메구들이 나를 또 자극했다. 이번이 두 번째다. 나 충분히 빡쳤고, 예뻐져야 할 필요도 충분하다. 게다가 믿고 있던 나노 슬림 테이프도 못 쓰게 되었지 않은가. 정신 무장 오케이! 이제는 돈도 마련할 수 있다. 괴담 공모전에서 상을 탈 거니까. 대책도 오케이! 공모전 발표가 11월이라서 그게 좀 아쉽지만. 가입비는 스마트폰 결제로 오케이. 18만 원은 너무 많으니까 8만 원만 스마트폰 결제하고 나머지 10만 원은…… 엄마 지갑에서 빌린다. 공모전에서 상 타면 갚을 거다. 절박하니까 머리가 아주 잘 돌아가는군.

뷰티프로젝트에 참여하면, 하고 상상해 봤다.

'나는 마른 편이니까 살 빼는 것에는 관심 없고 몸매에 볼륨이 생기면 좋겠고, 쌍꺼풀이 양쪽 똑같이 생기면 좋겠어. 피부가 좋아지면 좋겠지. 코도 수술 안 하고 높일 수 있을까? 그러면 좋고. 턱관절 튀어나온 것도 매끄럽게 조절되면 좋지. 얼굴에 살이 붙으면 괜찮을 것도 같지만.'

예뻐진 내 모습을 그려 보고 있을 때, 문자 알림 진동이 울렸다.

정효정 — 오이진, 매력 알바 그거 나 좀 알려줘.
계산해 보니 한 달 후에 가이드한테 줄 돈이 모자라.
두 달 후에 갚으면 2만 원을 얹어 줘야 해.

그걸 이제야 알았니, 정효정.

정효정 — 넌 알바 안 할 거잖아. 공부 잘하니까 굳이
뷰티프로젝트 안 해도 되고.

공부랑 무슨 상관이야? — 오이진

정효정 — 그럼 할 거야? 할 거면 내가 소개할게. 나 할인 좀 받자.

아직 몰라. — 오이진

정효정 — 그럼 매력 알바 소개해 줘.

그거 농담이었어. — 오이진

정효정 ― 부탁이야. 제발.

ㅜㅜ 시신 닦는 알바야. 하루에 100만 원도 줄 수 있대. ― 오이진

정효정 ― 나 농담할 기분 아냐. 치사하게 정말.

정효정이 집요하게 나왔다. 정말 이 말만은 안 하고 싶었는데, 어쩔 수 없었다.

그것도 예쁘고 잘생긴 사람이라야 그렇게 준대. ㅜ ― 오이진

정효정 ― 뭐?

괴담에서 들었어. ― 오이진

정효정 ― 괴담에서까지 인물 타령이야? 세상이 왜 이래.

ㅜㅜ 별 이야기가 다 있어. ― 오이진

정효정 ― 너 참 의외다. 괴담 오타쿠라니.

이 정도 말에 괴담 오타쿠라니. 자기가 모르는 걸 좀 안다 싶으면 그냥 오타쿠가 되는 건가? 듣기 좀 거북하지만, 그래도 '괴담 오타쿠라니'는 '오타쿠같이 생긴 게'랑은 느낌이 달랐다. 정효정이 오타쿠라고 한 말은 아주 많이 기분 나쁘지는 않았다. 전혀 틀린 말은 아니라서 그런지.

역대급 파격할인

　정효정은 매일 동영상을 보냈다. 요즘은 보내오는 시간이 바뀌었다. 낮 12시 반쯤으로. 이렇게 바뀐 데에는 내 영향이 크다. 정효정이 늘 아르바이트하러 가는 시간에 촬영해서 보냈는데 그러다 보니 내려가는 모습만 보내왔다. 그래서 계단을 내려가는 운동만 하는 건지 물어 보니 그렇다는 거다. 아, 효정아! 정효정에게 계단 운동은 올라가는 게 훨씬 효과가 있다고 알려 주었다. 내려가는 운동은 잘못하면 관절에 무리가 갈 수 있다는 말도 함께. 뚱뚱한 사람들에게 더 나쁘다는 말은 하지 않았다. 정효정은 어머, 하더니 다음부터는 올라가는 운동을 하겠다고 했다. 나는 거기다 한마디 더 보탰다. 이왕이면 동영상을 저녁에 보내 달라고. 낮 시간은 내가 밖에서 활동하는 시간이라 문자 받는 게 원활하지 않으니까. 어떤 때는 학원 수업이 늦게 끝나 수업 시간에 진동이 울릴 때도 있었다. 무음으로 설정해 놓을 수도 있지만 깜빡 잊고 계속 무음인 상태로 두면 다른 문자도 못 받는 경우가 있었다. 정효정은 내 말을 잘 이해하는 것 같았지만, 조금은 서운해 하는 것 같았다.

정효정이 장문의 문자로 자기 사정을 설명해 주었다. 실은 남에게 폐 끼치는 게 싫어서 SNS 계정을 만들어서 올릴까도 했다고. 그런데 생각해 보니 아직은 남들에게 보일 만한 몸이 아니라 악플이 달릴 것 같다는 거다. 그렇다고 비공개로 하면 전혀 자기를 압박하지 않으니까 효과가 없어 보이고. 가이드 언니도 아는 사람에게 보내라고 해서 방은진도 생각했는데, 그애가 자기랑 거리두기를 시작했단다. 이명진 같은 예쁜 애들하고만 다닌다나.

사정을 들어 보니 정효정이 안돼 보였다. 문자 받아 주는 게 뭐라고. 내가 맘껏 보내라 했더니, 낮 12시에 알바 끝나고 집으로 돌아가는 길에 촬영한다면서 그때 보내면 안 되겠냐는 거다. 촬영하고 바로 보내야지 저녁에 보내려면 까먹을 것 같다나. 나는 점심시간이라 괜찮다고 했고, 정효정은 고맙다면서 잘되면 꼭 사례를 하겠다고 했다. 거하게 한턱 쏘겠다나. 나에게 한턱 쏠 돈이 있을지 모르겠다.

수학 수업이 끝나 가방을 챙겨 학원 건물에서 나왔다. 횡단보도에 섰을 때 문자 알림 진동이 울렸다. 보나 마나 정효정의 문자라 볼까 말까 하다가 봤다. 정효정은 문자 보낼 때마다 열어 보지 않아도 된다고 하는데, 사람이 어떻게 안 볼 수가 있는가. 별로 궁금하지 않으면서도 습관적으로 터치하게 된다. 정효정의 다리는 여전해 보였다. 걸을 때마다 출렁거리는 허벅지에 발목까지 거의 일자로 내려온 종아리 살. 아무래도 계단 오르기로는 정효정의 살을 빼기가 쉽지 않아 보였다. 운동 강도를 높이든지 먹는 양을 줄이든지. 친구로서 또 한 번 참견을 해 줘야 할 것 같았다. 열심히는 하지만 어딘지 어설퍼 보이는 건 정효정의 덜렁거림 때문이겠지. 뷰티프로젝트에서는 제대로 잘 알려 주는데, 정효정이 대충 건너 듣는 것 같단 말이야.

'하여튼 파이팅이다. 정효정.'

정효정을 응원하며 집으로 향했다. 굳이 점심을 먹으러 가는 이유는 범행 전 점검을 위해서다. 집이 가까워 오자 사뭇 긴장되었다. 위험하고 나쁜 일을 계획하려니 그럴 것이다. 바늘 도둑이 소 도둑 된다는 말도 떠올랐다. 정말 그렇게 되면 안 되는데. 나는 앞으로 내가 할 일이 나쁜 짓이라는 것을 나 스스로에게 힘주어 말했다. 나쁜 짓이니까 이번 한 번으로 끝이라고. 그리고 곧 갚을 거라고.

엄마가 안방에서 나와 주방으로 가며 말했다.

"왔어? 조금만 기다려. 밥 차릴게."

"엄마는?"

"나도 같이 먹어야지."

엄마가 냉장고에서 반찬통 세 개를 꺼내 식탁 위에 놓았다.

"네가 먹을 반찬이 없네. 계란 프라이라도 해야겠다."

"좋지. 케첩도 뿌려서."

나는 반찬 뚜껑을 열고, 엄마는 프라이팬을 꺼냈다. 배추김치와 총각김치 그리고 멸치조림, 이 세 가지는 아빠가 좋아하는 반찬이다. 엄마가 계란 프라이를 만드는 동안 나는 숟가락과 젓가락을 놓았다. 엄마가 두리번거리며 뭘 찾는 시늉을 했다.

"김이 남았을 텐데……."

나는 전자레인지 위에 있던 도시락김이 생각나 그쪽으로 갔다. 엄마는 계란 프라이를 담은 접시를 양손에 들고 와 내 자리와 엄마 자리에 놓고 앉았다. 케첩을 안 뿌렸기에 냉장고로 가니까 엄마가 아, 하고 일어나 밥솥으로 갔다. 밥도 푸기 전이었다. 엄마가 허둥대는 것 같았다. 내가 갑자기 들어와 밥 달라고 해서 그런가. 아니면 한창 글 쓰다가 나와서 그런가.

"엄마, 원고는 잘돼?"

엄마에게 관심이 많은 아이처럼 다정한 말투로 물었다.

"응. 8월 말까지 초고를 만들어 놓으려고. 지금 마지막 힘을 내고 있지. 10월 말까지는 퇴고해서 완성시켜야 하는데 시간이 빠듯해."

"날짜까지 정해 놓고 원고를 써?"

"공모전에 내려고."

탈북민을 취재한다더니 공모전을 준비한다고 하고. 도대체 무슨 글이기에.

"장르가 뭐야?"

"소설."

하마터면 에, 삥!, 이라고 외칠 뻔했다.

"대박!"

엄마가 아직 대박은 아니라며 엷게 웃었다.

소설을? 엄마가. 우리 엄마와 소설가는 한 번도 연결 지어 본 적이 없다. 엄마는 슈퍼에서 계산할 때는 그냥 슈퍼 아줌마였고, 주방에서 밥할 때는 그냥 주부였다. 나한테 공부하라고 할 때는 투자한 만큼 뽑으려는, 또는 자기가 못 이룬 꿈을 자식을 통해 이루려는 엄마일 뿐이었다. 엄마 안에 그런 꿈이 있는 줄은 상상도 해 보지 않았다. 문장 실력을 제대로 보여 준 적도 없었다. 엄마가 쓴 글은 스마트폰 문자에서나 봤을까. 그 문자에서는 전혀 문학적인 면을 찾을 수 없었다. 어쨌거나 엄마가 소설을 쓰고 있다면 그런 거지. 그렇다 치고.

"엄마는 잘할 수 있을 거야. 응원할게."

"고마워. 우리 이진이가 응원하니까 더 힘이 난다. 열심히 해야지."

즐거운 분위기가 만들어졌고, 밥그릇은 바닥을 드러냈고, 슬슬 작전 개시다.

"엄마, 나 돈 좀. 매일 밥 사 먹으니까 좀 모자라."

이건 일종의 순서다. 돈의 위치를 알기 위한 전초 작업인 셈.

"얼마?"

"일단 만 원만. 밥 먹고 음료수 빼 마시게."

"음료수는 슈퍼에서 갖다 놓을까?"

"아니. 자판기에서 빼서 바로 마셔야 시원해."

"그렇긴 해."

엄마가 한 장 남은 김을 맨입에 넣고 오물거렸다. 엄마 밥그릇을 슬쩍 넘겨봤다. 밥을 다 먹었는데도 돈 가지러 갈 생각이 없는지 또 숟가락을 들더니 터진 계란 노른자를 긁어 담고 있었다. 사실 급할 건 없는데 마음이 괜히 조급했다.

"나, 지금 독서실 갈 거야. 요즘 학원 진도가 빨라져서 공부할 게 많아."

"어머, 그래."

내 말 뜻을 이해했다는 듯 엄마가 바로 일어나 안방으로 갔다. 나도 당연히 따라 들어갔다. 화장대 위에 노트북이 켜진 채로, 글이 빽빽한 걸로 보아 한창 작업 중인 것 같았다. 엄마가 화장대의 맨 위 서랍에서 봉투를 꺼냈다. 그 안에서

만 원짜리 한 장을 빼고 봉투는 다시 서랍 안 통장들 사이에 끼워 넣었다.

"헤. 감사. 엄마, 요즘 슈퍼에 몇 시에 가?"

돈을 받으며 그저 그냥 하는 말인 척 물었다.

"4시 반쯤. 그때부터 손님들이 많이 오거든."

"바쁘면 일손 모자라겠네. 나 저녁 시간에 슈퍼에서 알바 할까?"

내가 왜 그랬지? 계획에 없던 말을 해 버렸다. 앞으로 훔칠 돈만큼 일로 갚겠다는 마음이 나도 모르게 드러난 건가. 아니면 발각되었을 때 순전히 나쁜 마음만 있었던 것은 아니라는 걸 알리기 위해 포석을 깔아 놓는 건가.

"애는? 넌 그런 거 신경 안 써도 돼."

속으로 엄마에게 감사의 인사를 했다. 효녀인 척 착한 말 한 번 했다가 큰일 날 뻔했네. 하마터면 괴담 쓸 시간을 빼앗길 뻔한 거다. 뷰티프로젝트 비용을 벌기에 괴담 공모전만큼 좋은 돈벌이도 없는데 말이다.

"응. 엄마."

나는 세상 착한 미소를 지으며 가방을 둘러메고 신발을 신었다. 나를 배웅하는 엄마 얼굴이 편안해 보였다. 내가 생각해도 오늘 내가 날린 멘트들이 썩 좋았다.

독서실에 와서 괴담을 구상했다.

'이왕이면 문학성도 있고 재미도 있으면 좋겠어.'

'매력 알바', '11층 할머니와 벌레', '독특한 닭꼬치'는 수작이다. '매력 알바'는 고액 알바를 구하고 싶은 사람들의 마음을 잘 갖고 놀았고, '독특한 닭꼬치'는 아파트 화단으로 들어가는 아주머니의 모습이 섬뜩했다. 시신 닦기, 고양이 고기, 이런 설정은 괴기스러운 분위기를 만들기 위한 작가적 센스가 돋보였다.

'김민우 캐릭터를 또 써먹어 볼까? 이번에는 메구들까지 넣어야지.'

'오디션 괴담'이 주목을 못 받았으니 이번에는 좀비로 만들면 어떨까? 오. 좋은 생각. 독서실이 아니라면 깔깔깔 웃을 뻔했다. 진정하고 구체적인 캐릭터를 설정해 보자. 좀비도 우리가 알고 있는 좀비가 아닌 상상 초월 좀비로 만드는 거다. 산 사람을 뜯어 먹는 좀비가 아니라 자기가 자기 살을 뜯어 먹는. 나중에는 몸이 아주 너덜너덜해져서 누가 누군지 몰라보게 하자. 김민우나 메구들이 그 잘난 얼굴을 스스로 뜯어서 괴물이 되어 버린다면, 그건 너무 끔찍한가? 무서운 상상을 하고 있자니 내가 악마가 된 기분이 들었다. 이렇게 상상만 해도 죄책감이 드는데 김민우와 메구들은 어떻게 그렇게 남에게 상처 주는 짓을 잘하는지 모르겠다. 공연히 으스스해져서 진저리를 치고 있는데 메시지가 왔다.

찐찐 〈 외씨아씨님, 기쁜 소식이 있어요.
뷰티스타그램2에서 역대급 할인 행사를 해요.
전품목 40퍼센트 할인(현금 결제에 한함).

가입비도 할인해요? 〉 외씨아씨

찐찐 〈 물론이죠. 행사할 때 우선 가입해 놓으세요.
지금 가입해 놓으면 나중에 프로젝트에 참여하더라도
할인가로 적용 받을 수 있어요.
이번 기회 놓치면 후회하실 거예요.
가이드마다 다섯 분 한정으로 혜택을 주는 행사예요.
제게 외씨아씨님은 다섯 번째 회원이에요.

일단 가입해 두고 11월 1일 괴담 공모전에 당선되면 그때
할인된 가격으로 뷰티프로젝트에 참여해도 된다는 말이다.
이건 나에게 주는 혜택이자 기회다. 내가 마음먹고 나니까 좋
은 일이 막 생기네. 마치 기다렸다는 듯이. 아오!

저 오늘 가입할게요. 〉 외씨아씨

찐찐 〈 네. 잘 결정하셨어요.
BK은행 1002-300-730013 김진영, 입금액 12만 원
입금하시면 저에게 메시지 한 번 주세요.

가입비가 18만 원에서 12만 원으로 떨어졌다. 8만 원은 스마트폰 요금 결제로 하려던 생각이 슬그머니 꼬리를 내렸다. 2만 원으로 뭐 샀다고 구차하게 변명하느니 깔끔하게 12만 원을 쓱싹하는 게 낫겠다는 생각이 들었다.

시계를 보니 아직도 3시밖에 안 되었다. 시간이 왜 이렇게 더디 가는지.

'5시쯤에 가야지. 엄마가 충분히 슈퍼에 갔음 직한 시간에.'

앞으로 두 시간 정도 더 기다려야 한다.

'아, 왜 이렇게 가슴이 두근거리지?'

손바닥으로 가슴을 누르고 노트 맨 위에 제목이라고 썼다. 그 옆에 '김민우와 메구들'이라고 써 넣었다. 제목이 너무 평범하다. 다른 제목을 찾느라 잠시 생각에 공백이 생기자 돈을 훔치는 내 모습이 머릿속에 그려졌다. 손이 떨려 두 손을 맞잡고 꾹꾹 눌러 주었다. 두닥두닥 심장에서 키보드 두드리는 소리가 들리는 것 같다. 김민우와 메구들을 좀비로 몰아가려는데 엉뚱하게도 나도 정상이 아닌 듯 보였다. 몇 줄 쓰지도 못 하고 버벅거리다가 시간이 어영부영 흘러가 버렸다.

집으로 가는 발걸음에 박자가 잘 안 맞았다. 두 박자, 네 박자, 그러다가 세 박자 걸음이 되었다. 이럴 때 세 박자 걸음이라니. 결국 다리가 꼬여 다시 두 박자가 되었다. 나도 모르게 점점 걸음이 빨라졌다. 생각보다 빨리 도착한 집은 조용했다. 내 양심을 두드렸던 키보드 소리도 들리지 않았다. 확인 차원에서 엄마를 불러 봤다.

"엄마."

당연히 대답은 없었다. 슬금슬금 안방으로 가서 화장대로 다가갔다. 화장품이 한쪽으로 치워졌고 가운데 노트북이 닫힌 채 놓여 있었다. 마치 입을 꾹 다문 엄마처럼. 엄마는 바람직하고 멘탈이 강하니까 그렇게 살고, 나는 안 돼. 그러니까 서랍을 좀 열겠어. 죗값을 치르듯 엄마를 칭찬도 하고 나름 나를 위한 자기 합리화도 했지만, 손이 떨리는 건 막을 수가 없었다. 떨리는 손이지만 힘을 모아 서랍을 열었다. 아까 만 원짜리를 꺼냈던 봉투가 통장들 속에 끼어 있었다. 12만 원을 꺼냈다.

"곧 갚을게. 미안해."

봉투 안에 아직 만 원짜리가 여러 장 남았으니까 당장은 들키지 않을 수 있다는 기대도 걸어 봤다. 괴담 공모전에서 상금 받을 때까지만 모르고 지나가기를. 제발. 돈 갚고 광명 찾을 때까지 얼마나 괴로운 나날을 보낼지 모르겠지만, 일단 나는 안방에서 튀어나왔다.

곧장 아파트 단지 내 은행으로 달려갔다. 김진영 계좌로 12

만 원을 입금했다. 나 이래도 되나. 오늘 큰일을 저지른 거 맞지? 저지르고 나니 입안이 바짝 말랐다.

"메구들이 나를 또 자극했고, 나 빡쳤고, 그러니까 예뻐져야 해. 꼭."

마치 주문을 읊조리듯 주절댔다.

"이젠 나노 슬림 테이프도 못 붙여."

넋 나간 사람처럼 터덜터덜 걷는데 찐찐으로부터 메시지가 왔다.

찐찐 ◁ 행사 기간 중 가입한 고객에게는 우리 회사에서 가장
핫한 대표 제품인 뷰티 토너도 증정한답니다.
우편으로 보내드릴까요, 아니면 제가 직접 전해드릴까요?

앗, 뷰티 토너는 내가 그토록 갖고 싶어 하던 건데. 정효정 말대로 뷰티스타그램나 뷰티스타그램2나 다 같은 사람이 운영하는 게 맞았다. 채널을 바꿔서 이상했지만 아무려면 어떤가. 이렇게 내 마음에 쏙쏙 드는 말만 하는데. 너무나 기뻐서 나도 모르게 흡, 하고 소리를 냈다. 도둑질한 죄책감에 너덜너덜했던 멘탈이 다시금 돌아와 요동치기 시작했다.

우편은 곤란해요. 엄마 몰래 하는 거라. ▷ 외씨아씨

찐찐 ◁ 그럼 혹시 율원 1동 메가24 편의점 알아요?

내일 오전에 맡겨둘 테니 찾아가실래요?

제 고객 중에 거기서 알바하는 회원이 있거든요.

율원 1동 메가24 편의점은 정효정이 아르바이트를 하는 곳으로, 나도 잘 아는 장소라서 더 기분이 좋았다. 뭔가 일이 착착 잘 진행되는 느낌이 들었다. 게다가 내일 오전이면 정효정이 그 편의점에서 아르바이트하는 시간이다.

좋아요. 거기 알아요. 가이드님도 이 근처에 사세요? ▷ 외씨아씨

찐찐 ◁ 네. 율원동 일대 회원은 제가 관리해요.

그럼 내일 편의점에 들러서 찾아가세요.

넵! ▷ 외씨아씨

가입비를 내고 나니 마음이 조급해졌다. 돈이 마련된 다음에 진단을 받으려 했는데 빨리 진단을 받고 싶어 진 거다. 찐찐에게 내 사정을 설명하고 대신 내 달라고 할까? 정효정처럼 한 달 후에 갚으면 되는데. 그렇게 했다가 공모전에 당선되지 않으면 나는 빚쟁이가 되겠지. A코스로 진단 받을 시 40퍼센트 할인을 받으면 60만 원인데, 과연 그 돈을 내가 감당

할 수 있을까? 12만 원보다 훨씬 큰 금액이라 겁도 나고, 괴담 공모전에 당선될 수 있을 것 같다가도 '오디션 괴담'을 생각하면 아닌 것도 같고. 찐찐에게 돈을 꿔도 될 것도 같고, 그러면 안 될 것도 같고……. 생각은 많고 결정은 나지 않았다. 차라리 이러고 있는 시간에 얼른 독서실에 가서 괴담 창작이나 하자 싶었다.

독서실에 다 와 갈 무렵 정효정으로부터 문자가 왔다. 혹시 뷰티스타그램2에 가입했냐고. 내가 대답도 하기 전에 또 장문의 문자를 보냈다. 찐찐이 뷰티 토너를 자기한테 맡길 거라는 말부터 시작해서 뷰티 토너 비싼 건데 공짜로 받는 거냐며 부럽다고. 찐찐이 가이드 중에서 제일 예쁘다고 소문났다는 말까지. 그러면서 나더러 찐찐이 올 시간에 와서 구경하라는 거다.

정효정의 문자를 읽으면서 속으로 좀 찔렸다. 자기를 통해서 뷰티스타그램2에 가입하라고 했는데. 문자를 다시 읽어봤다. 서운해 하는 것 같지는 않았다. 무슨 답을 쓸지를 생각하고 있는데, 정효정이 찐찐이 내일 오전 10시쯤에 올 거라는 메시지를 보냈다. 그 말은 솔깃했다. 나도 뷰티 토너를 직접 받고 싶긴 하다. 인터넷으로 거래하는 건 왠지 불안해서 직접 사람을 보면 안심이 될 것도 같았다. 하지만 오전 10시는 학원에 있을 시간이라 곤란했다. 나는 정효정에게 12시에 학원 끝나고 바로 갈 테니 조금만 기다려 달라고 답했다. 정효정은 안타깝다면서 자기가 찐찐 사진을 찍을 수 있으면 찍어 보겠다고 했다.

문자 대화방에서 나가려 할 때, 정효정이 또 메시지를 보냈다.

정효정 ◁ 찐찐 언니가 외씨아씨 오이진이라고 말할 때 놀랐음!?

미안해. 실은 너보다 찐찐님이 먼저 연락해 왔어. ▷ 오이진

정효정 ◁ 찐찐 언니는 회원이 많아서 에메랄드급인데…….

다시 대화가 시작되었다. 정효정의 말을 요약하면 이렇다. 회원 가입을 하면 자동적으로 급이 정해진다. 정효정과 나는 실버다. 가이드 활동을 하면서 회원 유치도 하면 단계가 올라가는데, 그때부터 혜택이 따라온다. 자기가 가입시킨 회원의 가입비 중에서 몇 퍼센트를 갖게 됨은 물론이고, 참여하는 프로젝트에서 대폭 할인도 받을 수 있다. 열심히 활동하다 보면 진급도 한다. 그 진급 시스템이 매력적이다. 루비, 사파이어, 에메랄드, 다이아몬드. 에메랄드급인 찐찐은 다이아몬드 바로 아래니까 대단히 많은 회원을 관리하고 있다는 말이다.

정효정과 문자로 대화를 하느라고 더뎠던 걸음을 재촉했

다. 정효정 이야기를 들으며 잠깐 나도 회원을 유치해 볼까, 하고 생각했다. 하지만 몸까지 부르르 떨며 바로 접었다. 내 성격으로나 처지로나 그건 너무 어려운 일이다. 혹시 뷰티프 로젝트에 참여해서 예뻐졌다면 모를까. 지금 당장은 괴담 쓰는 게 답이다. 시간을 쪼개 창작에 몰두해야 하고, 꼭 당선되어야 한다. 그래야 엄마 돈도 돌려주고, 뷰티프로젝트에도 참여할 수 있다. 그 길만이 살 길이라고 생각하니 마음이 더욱 조급해졌다.

'흠……. 김민우와 메구들을 좀비로…….'

아무리 괴담이라도 있을 수 있는 이야기여야 공감을 얻는다. 실제로 본 적은 없지만 어딘가에서 좀비가 출몰했다는 믿음 같은 것. 그런 믿음이 깔리게 쓰려면 현대보다는 옛날을 배경으로 하는 게 낫지 않을까? 이를테면 조선 시대쯤으로. 조선 시대를 배경으로 하면 그 시대 사람이 지금 여기 있지 않는 한 꼬투리 잡힐 일도 없고. 조선 시대를 배경으로 했을 때 좋은 점 또 한 가지는 그동안 들어 본 괴담 중에 옛날을 배경으로 한 이야기가 없었다는 거다. 모두 현대물이었다. 독창성에서 점수를 따고 들어갈 것 같았다.

'태정태세 문단세 예성연중 인명선 광인효현 숙경영 정순헌 철고순. 이 중에서 좀비가 나올 만한 왕조라면…….'

이를테면 전쟁이 많았던 시기라든가. 임진왜란과 병자호란이라고 쓰고 선조와 인조를 써 넣었다. 자연재해나 전염병 때문에 굶주리는 백성이 많았다거나. 경신대기근이라고 쓰고 현종이라고 썼다. 권력자들의 폭정으로 백성들의 삶이 도탄에 빠졌던 시기라든가. 연산군이라고 썼다. 막상 야사 분위기로 쓰려니 자신이 없어졌다. 예를 들어 현종 때 경신대기근을 배경으로 쓴다면, 그 시기에 대하여 따로 공부를 해야 할 것 같았다. 도서관에 가서 자료를 찾아볼 생각을 하니 막막했다.

'시간도 없는데 언제 그러고 있어.'

창작이란 게 생각보다 어려웠다. 어제 쓰려고 마음먹었던 것이 오늘 휴지가 되고, 오늘 쓰려고 했던 것이 내일은 또 어떨지. 살짝 불안해졌다. 이런 식으로 엎치락뒤치락하다가는 완성이나 할 수 있을까? 하지만 이 일이 내 적성에 잘 맞는 것 같다. 뒤집어엎기를 반복해도 별로 짜증도 안 나고 집중도 꽤 잘됐다. 내가 돈을 훔쳤다는 것도 까맣게 잊을 만큼.

집으로 돌아오는 길에 찐찐으로부터 메시지 한 통을 받았다.

찐찐 ── 외씨아씨님의 가입은 잘 성사되었어요.
홈페이지에 들어가서 서류 작성하세요.
진단 사진도 준비하시고요. 얼굴 앞모습, 옆모습, 전신.

전신사진은 민소매에 반바지 차림이면 좋아요.
차차 프로젝트 참여비도 준비하시고요.

집에 들어오자마자 뷰티스타그램2에 들어가 서류 작성부터 했다. 서류는 비교적 간단했다. 주소, 전화번호, 주민등록번호 앞자리를 쓰고, 키, 몸무게, 가슴, 허리, 엉덩이 사이즈를 적었다. 그리고 가장 고민되는 신체 부위를 쓰는 칸도 있었다. 나는 줄자로 가슴, 허리, 엉덩이 둘레를 쟀다. 세 개의 치수가 거의 비슷했다. 이게 나무토막인지 여자 몸인지 모르겠다는 생각이 들어 웃음이 다 났다. 가장 고민되는 부분은 당연히 짝눈이라고 썼다. 여드름과 모공도 쓰고 싶었지만 그건 뷰티 토너를 바르면 될 것 같아서 안 썼다. 공연히 썼다가 등급이 높게 나오면 곤란하다.

다음은 진단 사진이다. 샤워를 하고 민소매 티와 반바지를 입었다. 화장실로 갔다. 화장실 조명이 사진발을 높여 준다는 말을 들은 적이 있다. 얼굴을 먼저 찍었다. 옆모습, 앞모습을 번갈아 가며 찍었는데, 딱히 맘에 드는 사진이 안 나왔다. 하얗게 나와서 좋긴 한데, 얼굴 윤곽이 너무 적나라했다. 볼살이 없다 보니 입이 튀어나와 보이고, 목에 턱 그림자가 너무 짙었다. 특히 오른쪽 눈이 유난히 크고 눈동자가 반짝였다. 그러다 보니 왼쪽 눈이 찌그러진 것처럼 보였다. 조금 덜 그렇게 찍히기 위해 다시 찍고 다시 찍었다.

한창 사진을 찍어 대고 있을 때였다.

"이진아, 뭐 해?"

엄마가 화장실 앞에서 물었다.

"아냐. 아무것도."

"문 열어 봐. 어서."

문을 열었더니 엄마가 나를 위아래로 훑어봤다.

"별일 아냐. 신경 쓰지 않아도 돼."

"이리 나와 봐."

엄마가 손목을 잡고는 내 방으로 이끌었다.

"왜 화장실에서 사진을 몰래 찍어? 무슨 사진인데? 이 옷차림은 또 뭐야."

마치 누가 들을까 겁난다는 듯이 목소리를 죽여 추궁하는데, 듣자 하니 무슨 큰 비행을 저지른 느낌이었다.

"몰래 찍은 거 아냐. 낮에는 시간이 없으니까 지금 찍은 거지."

"그 사진 나 보여줄 수 있어?"

엄마가 내 스마트폰에 눈길을 두고 물었다.

"프사 바꾸려고 찍는 거야."

"프사를 왜 화장실에서 찍어?"

"화장실에서 찍으면 사진 잘 나오거든."

"뭐? 누가 그런 소릴 해?"

"그렇다니까. 화장실 조명이 좋잖아? 검색해 봐. 사진 찍기 좋은 곳, 하면 나와."

"별일이야, 정말. 믿어도 되지?"

엄마가 뭘 상상했는지 모르지만 믿는다면서도 썩 밝은 표정은 아니었다. 좋은 쪽으로 믿으려고 애써 노력하는 것 같기도 했다. 엄마가 내 방에서 나가고 나도 한발 늦게 따라 나왔다. 엄마가 안방으로 들어가는 걸 확인하려고 하다가 돌아보는 엄마와 눈이 마주쳤다. 앗, 한 번 더 보려는 이 버릇을 고쳐야 한다니까. 엄마가 입술을 일그러뜨리며 눈에 힘을 주었다. 나는 애써 환하게 웃으며 안녕, 하고 인사하듯 손을 살랑살랑 흔들었다. 엄마가 안방으로 들어가고 나는 다시 화장실로 들어갔다. 카메라를 무음으로 설정하고 세면대에 스마트폰을 세워 놓았다. 사진이 찍힐 때마다 불빛이 빛났다.

반짝 반짝 반짝 반짝.

진영이

　증정품도 직접 받고 찐찐 실물도 보고 싶은데, 시간이 맞지 않았다. 오전 10시면 한창 영어 수업을 듣고 있을 때다. 영어 수업을 빼먹고 찐찐을 보러 갈까? 또 탈선. 진정 좋은 생각은 아니지만 그러기로 했다. 그 대신 다른 날보다 일찍 독서실에 가서 공부를 할 것이다. 진짜 공부를 하게 될지 장담은 못 하지만.

　일찍 일어나 수선을 피웠더니 엄마가 싫지 않은 표정을 지었다. 아직 돈 봉투는 확인해 보지 않은 것 같다. 엄마를 보고 있자니 가슴이 두근거렸다. 결국 밥 먹다가 딸꾹질까지 했다. 차라리 엄마랑 마주하는 시간을 최대한 줄이는 것도 방법이다 싶었다.

　'상습범들은 어떻게 사는 거야?'

　가방을 챙겨 내빼듯 집에서 나왔다. 독서실에 오자마자 태블릿PC를 꺼냈다. 노트에다 글을 쓰려니 영 속도가 안 나서 못 쓰겠는 거다.

어제 끄적거린 노트를 보면서 태블릿PC에다 띄엄띄엄 번호를 써 넣었다. 마치 기둥을 세우듯. 제1화, 제2화, 제3화, 제4화. 챕터별로 내용을 써 넣었다. 시대물은 포기하고 현대물로 가기로 했다. 현대물이어도 좀비 변신은 꼭 넣을 거다. 믿거나 말거나다. 작가가 그렇다면 그런 거지 뭐.

제1화는 김민우가 염라대왕으로부터 저승에 왔다 갔다는 표를 받는 장면. 제2화와 제3화는 이마에 난 반점 때문에 화풀이를 하는 장면. 화풀이하다가 좀비로 변신하고 결국 저승으로 끌려가 벌 받는 장면이 제4화다.

각각 원고지 4매 정도로 총 16매 창작할 수 있을까? 16매면 국어 숙제로 썼던 독후감의 두 배 분량이다. 책의 일부를 발췌도 하고, 인터넷에 게재된 리뷰를 따오기도 해서 가까스로 8매를 채웠던 내가 과연 16매를 쓸 수 있을까? 쓰다 보면 좀 늘어날 수도 있겠지. 쓴웃음이 났지만 '11층 할머니와 벌레'처럼 아주 짧은 괴담도 있었다는 사실로 나를 위로했다.

'빨리 진도를 빼자.'

다음은 주인공 이름이다. '오디션 괴담'에서는 이름 없이 모델 지망생이라고 했지만, 이건 정식 괴담이니까 이름을 지어주는 게 백번 낫다. 김민주? 김민후? 일단 김민후. 그 다음은 제목. 제목이 진짜 중요한데, 제목도 일단 '좀비들'이라고 써 놓았다.

제1화

주변은 온통 칠흑 같은 어둠이다.

어디선가 한줄기 영롱한 빛이 쏟아지고 그 빛 끝에 염라대왕이 앉아 있다.

"오랏줄에 꽁꽁 묶어 지옥 불에 떨어뜨려도 시원치 않을 놈이 왔구나."

김민후는 엎드려 머리를 조아렸다.

"제가 무슨 죄를 지었다고 그러십니까?"

"내 그럴 줄 알고 준비했다."

김민후 앞에 커다란 거울이 나타났다.

거울 속의 김민후가 말했다. 좀비 같이 생긴 게 어딜 얼쩡거려? 빨리 비키지 못해? 재수 없어. 눈탱이에 테이프 붙인다고 호박이 방울토마토 되겠냐. 차라리 떼고 다녀라. 아, 왜 이 학원 애들은 다 이 모양이야. 저런 애 안 본 눈 사고 싶다.

김민후는 자기가 한 말을 채 다 듣지 못하고 고개를 숙였다.

"쯧쯧쯧. 저승에서도 깊고 깊은 어둠의 방에 처넣고 싶으나, 어린놈이라 한 번 더 이승에서 살 기회를 줄까 한다."

"정말요?"

"그 대신 표를 하나 받고 가야 하느니라."

"표라니요?"

"이를테면 저승에 갔다 왔다는 표식이니라."

"아, 그래요? 살려만 주신다면 얼마든지 받겠습니다."

그 순간, 김민후의 이마에 새끼손톱만 한 붉은 점이 그려졌다. 김민후는 아무 느낌이 없었는지 그저 저승을 벗어날 생각에 들떠 있었다.

염라대왕이 말했다.

"착하게 살면 이마의 표식이 줄어들 테고, 나쁘게 살면 더 커질 것이다."

"알았다고요."

김민후는 염라대왕의 말을 늙은이 잔소리쯤으로 여기고 어린애처럼 칭얼거렸다.

"빨리요, 좀. 네?"

그 순간, 빛은 사라지고 바닥이 아래로 푹 꺼졌다.

여기까지가 첫 화 초고다. 너무 짧은가? 쓰다 보니 저승 장면이 꿈으로 처리되었는데, 잘한 것 같았다. 마지막 화에서 김민후를 진짜 저승으로 보낼 것이기 때문에 처음에는 슬쩍 겁만 주는 것으로 했다. 다시 읽어 보니 오랏줄에 꽁꽁 묶어 지옥 불에, 이 부분이 마음에 들었다. 이마에 찍힌 붉은 점은 단순한 표식으로 끝나지는 않을 거다. 지독한 불행의 씨앗이 되도록 이끌어 가야지. 생각보다 글이 잘 써지는 느낌이다. 술술 잘 나오는 김에 더 쓰고 싶은데 시간이 벌써 9시가 넘었다. 슬슬 메가24 편의점으로 갈 준비를 해야 했다.

독서실 건물에서 나오니 웬일로 바람이 불었다. 몇 주째 폭염이 기승을 부리더니 이제는 놓아 줄 때가 된 모양이었다. 그래 한차례 뿌릴 때가 되었어. 우산을 갖고 나오지 않은 게 조금 걸리지만. 은행잎이 산들산들 흔들렸다. 좋쿠마. 기분 좋을 때 외할머니가 하던 말이다. 바람이 불 때는 시원타, 라고 했던가. 나는 좋쿠마, 시원타, 하면서 버스 정류장으로 갔다.

메가24 편의점 문을 밀자 정효정의 명랑한 목소리가 들려왔다.

"어서 오세요."

"나야, 나."

정효정은 나를 보자 좋다고 손을 흔들었다. 편의점 안에는 아이스크림을 고르는 여학생 한 명과 복권을 사는 아저씨가 있었다. 정효정이 간이 식탁 쪽을 가리키며 의자를 빼 앉으라고 했다. 복권 값을 계산하고 이어서 아이스크림 값도 계산하는 정효정이 매우 능숙해 보였다.

"안녕히 가세요. 감사합니다."

인사도 잘하고. 정효정이 웃는 걸 보니 사뭇 다른 느낌이다. 예전의 그 비닐 테이프를 붙이지 않은 것 같은데도 쌍꺼풀이 져 있었다. 살도 좀 빠진 것 같고.

"오이진. 결국 너도 하는구나?"

"응. 그렇게 됐어."

나는 쑥스럽게 웃으며 화제를 얼른 돌렸다.

"그런데 너 눈 자연스럽다. 예쁘다."

켕기는 게 있어서 조금은 과하게 칭찬했다.

"아, 이거?"

정효정이 환하게 웃었다. 자기 라인을 타지 않고 가입한 것에 대해서는 별로 신경 쓰지 않는 것 같았다. 나는 그게 좀 미안했는데. 정효정이 하나도 섭섭하지 않은 얼굴로 말했다.

"자연스럽지? 이거 쌍꺼풀 레이스라는 건데, 대박 좋아. 쌍꺼풀 마사지하기 전에 하면 도움된다고 해서 찐찐 언니에게 샀어. 이건 자기가 따로 파는 거래."

레이스, 어디서 들어 본 말 같은데……. 가물가물했다.

"얼만대?"

"150쌍에 10만 원."

"비싸다."

"현금 박치기해야 준다고 해서 엄마가 준 용돈 조금하고 가불 받았어."

돈 이야기를 하는 정효정의 표정이 우울해 보였다. 하지만 금세 표정을 바꿔서 자기는 만족한다고 했다. 요즘은 거울을 보면 살맛이 난다나. 쌍꺼풀 레이스는 나노 슬림 테이프

보다 자연스러워 보였다. 나도 사고 싶었지만 10만 원은 너무 비쌌다.

그때 편의점 문을 밀고 들어오는 사람이 있었다. 검정 캡을 쓴 키 크고 날씬한 언니였다. 민소매 티에 핫팬츠를 입고 나이키 배낭을 한쪽 어깨에 걸친 패션. 어디서 많이 봤다 싶었는데 정효정이 아는 체하면서 인사했다.

"안녕하세요, 찐찐 언니죠?"

"네, 데이지님. 이거 외씨아씨님에게 전해줄 거."

찐찐이 사탕처럼 포장된 뷰티 토너를 정효정에게 건네고는 바로 돌아 나가려 했다.

"잠깐만요, 언니."

정효정이 찐찐을 불러 세웠다.

"언니, 외씨아씨 여기 왔어요."

나는 카운터 쪽으로 다가가 찐찐을 봤다. 가까이서 제대로 보니 찐찐은……. 놀랍게도 메구들 중 한 명이었다. 순간 나는 얼음이 된 듯 할 말을 잃었다. 찐찐은 어색하게 웃다가 곧 표정을 바꿔 활짝 웃었다. 나를 몰라보는 것처럼.

"아, 외씨아씨님! 뷰티스타그램 회원이 된 것 축하해요. 앞으로 잘해 봐요."

찐찐이 나를 처음 보는 회원 취급을 하며 말했다. 매우 상냥하고 예의 바른 말투로. 목소리까지 예뻤다. 욕할 때랑은 분위기가 완전히 달랐다.

"뷰티 토너 잘 발라 봐요. 외씨아씨님은 피부가 흰 편이라 모공 관리만 해도 훨씬 좋아질 것 같아요. 아침저녁으로 세 안 잘하고 발라요. 얼굴에 조금이라도 불순물이 남아 있으 면 부작용 생길 수도 있어요. 알았죠?"

찐찐은 매우 친절했다. 어쩌면 욕한 사람은 메구들 중에 다 른 메구였을 거라는 생각이 들 정도로.

"아, 네."

"그럼 또 연락할게요."

찐찐이 손을 팔랑거리며 편의점에서 나갔다.

"아는 언니야?"

정효정이 물었다. 정효정에게 우리 학원에 들락거리는 이쁜 이 5인조 중에 한 사람이라고 했다. 메구들이라고 하면 메구 에 대하여 설명을 해야 하기에 말이 복잡해질 것 같아서, 편 의상 그렇게 말한 거다.

"다섯 명이 다 이뻐? 얼마나 예쁘면 그런 별명이 붙냐?"

메구들의 소행에 대하여 알아도 정효정이 이렇게 말하려 나. 그러고 보니, 전에 찐찐은 정효정에 대하여도 비아냥거렸 다. 자기 회원 중에 비닐 테이프 붙이고 다니는 애도 있다면 서 쌍꺼풀 마사지를 소개해 준다고 했더니 개좋아하더라고. 아, 맞다. 쌍꺼풀 레이스가 그때 나온 말이다. 필요하다 싶을 때 알려 준다고 했다. 좋은 게 있으면 빨리 알려 줘야지, 필요 여부를 왜 따지는 걸까? 내가 가이드라면 내 회원에게 바로 정보를 공유할 것 같은데.

정효정이 내 대답도 듣지 않고 또 물었다.

"있잖아. 네 닉네임도 특이해. 무슨 뜻인데?"

"별 뜻 없어. 내 이름에 오이가 들어가잖아. 오이씨 아가씨라는 뜻인데 오이씨를 줄여서 외씨라고 한 거야."

"아, 난 무슨 고사성어인 줄 알았네."

"아, 그래?"

방은진은 욕 아니냐고 했는데. 그에 비하면 정효정은 나를 꽤 고상하게 보고 있다. '씨'가 두 개나 들어갔는데도 욕을 떠올리지 않는 걸 보면 심성은 못 속이는 거구나, 싶기도 했다. 정효정이 화제를 찐찐으로 돌렸다.

"찐찐 언니가 아는 사람이라서 좋겠다."

우리 학원에 드나드는 사람이라고만 했는데 어느새 아는 사람이 되어 버렸다.

"불량해 보였어."

"예쁘면 잘난 척도 좀 하고 갑질도 하잖아. 그런 거겠지."

정효정의 말투에 예쁜 애들은 갑질해도 된다는 의미가 스며 있었다.

"그 정도가 아냐."

"뭐 어때. 난 그 언니 덕에 완전 만족이야. 쌍꺼풀 레이스는 자기만의 비장의 무기래. 특별히 싸게 주는 거랬어. 빨리 예뻐지라고."

"그럼 찐찐도 쌍꺼풀 레이스 붙인 눈이야?"

"그렇대. 진짜 자연스럽지 않냐?"

"그러게. 난 자연산인 줄 알았어."

나는 수학 수업 때문에 편의점에서 나와야 했다. 이만 가야겠다고 하니까 정효정이 새삼스럽게 자기 뭐 달라진 거 없냐고 물었다.

"쌍꺼풀 예쁘게 잘됐어. 아무도 몰라보겠어."

"그거 말고. 얼굴 라인이 좋아진 거 같지 않아?"

정효정이 나에게 자기 얼굴을 자세히 보라며 요리조리 각도를 바꿨다. 정효정이 턱을 유난히 치켜드는 걸 보니 턱에 무슨 짓을 한 것 같았다.

"턱 라인이 날렵해진 것 같아."

"그렇지?"

확실히 턱 밑 살이 줄어들었다. 그런데 무엇보다 많이 변한 것은 턱 라인을 중심으로 아래쪽에 허연 버짐 같은 게 생겼다는 거다. 원래 있던 걸지도 모르겠지만. 버짐에 대하여 말할까 말까 하다가 혹시 모르나 싶어 알려 주자는 마음으로 말했다.

"그런데 피부가 허옇게 일어난 것 같아."

"아. 그거. 곧 없어질 거래. 명현현상이라고."

"뭐 발랐어?"

"뷰티 크림. 운동하고 나서 바르면 효과가 좋대서 계단 운동 하고 바로 발랐어."

"그런데……."

그때 전화벨이 울리는 바람에 내 말이 끊겼다. 정효정이 냉큼 수화기를 들었다. 깍듯하게 전화를 받는 걸 보니 편의점 사장인 것 같았다. 정효정이 네, 네, 하더니 수화기를 내려놓았다.

"사장님이 비 올 거라고 우산 내놓으래."

내 예감이 맞나 싶어 문 밖을 내다보고 있었더니 정효정이 물었다.

"아까 무슨 말을 하려고 했어?"

"아, 약도 아닌데 명현현상이 있냐고."

"약만큼 효과가 좋으니까."

"아, 그래."

거기까지만 이야기하고 뷰티 토너를 챙겨 편의점에서 나왔다. 아까보다 바람이 세졌다. 오래지 않아 비가 내릴 것 같았다. 버스 정류장으로 뛰어갔다.

버스에 타서 자리 잡고 앉으니 찐찐 생각이 났다.

'메구가 왜 거기서 나와?'

메구들에게 욕먹은 걸 떠올리니 가슴이 울렁거렸다. 분명히 나를 알 텐데 안면을 싹 바꾸고 모른 척하는 것도 찜찜했다. 나를 핍박한 사람이 가이드인데 이 관계를 계속 유지할 것인가, 아니면 여기서 중단할 것인가. 선택의 기로에 서 있자니 입안이 바짝바짝 말라 갔다.

가입비에 대한 환불 규정이 있나 살펴봤다. 홈페이지에 환불은 불가하니 신중하게 생각하고 결정하라는 공지 글이 있었다. 12만 원을 날릴 수는 없다. 이왕 가입비를 냈는데, 하고 생각하자 긍정적인 방향으로 돌아갔다. 뷰티스타그램으로 엮이기 전의 찐찐은 나빴지만, 뷰티스타그램으로 엮인 후부터는 나에게 나쁘게 한 게 하나도 없었다. 말도 곱게 했고 친절했다. 게다가 뷰티에 관한 한 모델로 삼아도 될 만큼 예쁘기도 했다. 더 중요한 건 뷰티스타그램이라는 채널 자체는 문제가 없다는 거다. 뷰티에 관한 모든 정보가 거기에 있다고 해도 과언이 아닐 정도니까.

굳이 문제를 뽑자면 돈이 많이 든다는 것. 정효정 이야기를 듣다 보면 살짝 겁이 나기도 했다. 시간이 갈수록 해야 할 것도 많고 사야 할 것도 많은 듯했다. 그걸 다 감당할 수 있을까? 정효정은 이미 꽤 많은 돈을 쓰고 있고, 그게 다 찐찐에게 진 빚이라면 아르바이트의 늪에서 벗어나지 못할 거다.

어쩌면 돈 걱정에, 아르바이트에, 이래저래 찌들어서 정효정의 턱 밑 살이 빠진 걸지도 모른다. 나는 정효정하고는 다르다. 대책 없이 막 나가지는 않으니까. 딱 100만 원 안쪽에서 해결하고 말 거다.

'그런데 괴담 공모전에서 떨어지면 어떡하지?'

정효정으로부터 문자가 왔다. 엄마들한테는 비밀이라고. 자기 엄마가 알면 난리 난다나. 빚이 벌써 100만 원이 넘었단다. 정효정은 방은진을 매우 부러워했다. 그애는 엄마가 알아서 다 해준다고. 마치 학원비 내듯 뷰티스타그램에서 필요하다는 돈을 척척 잘 내준다는 거다. 세련된 엄마는 다르다며 자기 엄마는 방은진 엄마 발뒤꿈치도 못 따라간단다. 구석기 시대 사람 같다는 말에 빵 터지고 말았다. 그 말에 나도 심히 동감하는바.

'내가 지금 수학 공부를 할 때가 아냐.'

학원 앞에서 발길을 돌렸다. 나의 창작열은 돈 걱정이 깊어지면 깊어질수록 더욱 불타올랐다.

'좀비들' 제2화는 김민후 이마에 난 붉은 반점과 교복 광고 사진이 중심 소재다. 김민우가 교복 광고 모델이란 점에 착안했다. 오이영이라는 애가 김민후 광고 사진에다 낙서를 하고, 그것을 본 김민후가 학교로 뛰어가 난동을 부린다. 난동을 부리면 부릴수록 반점이 점점 가려진다. 긁게 되고 긁으면 긁을수록 더 커지고 부풀어 오른다. 반점은 불길한 일이 벌어질 거라는 예고다. 배경을 학원이 아니라 학교로 한 것은 혹시라도 김민우가 괴담 게시판에서 이 글을 보고 내가 썼다는 걸 알아챌까 우려되었기 때문이다. 메구들도 5인조가 아닌 3인조로 살짝 바꿨다. 비슷한 듯 다르게 쓰는 게 '좀비들'의 두 번째 포인트인 셈이다.

파일을 열어 김민후는……, 이라고 썼다. 그런 채 시간을 흘려보냈다. 어제 오후부터 오늘 사이에 일이 많아서 그런지 집중이 안 되었다. 찐찐도 떠오르고, 뷰티 토너도 생각났다. 지금 세수하고 발라 볼까. 콜라 한 캔 뽑아 마실까. 엄마가 돈이 없어졌다는 것을 알았을까. 오만 가지 생각이 솟았다가 가라앉았다.

'어렵게 생각하지 말자. 구상한 이야기를 글로 옮기기만 하자.'

문장이 되든 안 되든 글자를 찍어 냈다. 나중에는 정효정을 앞에 앉혀 놓고 이야기한다 생각했다. 그냥 수다 떠는 기분으로 중언부언. 내용을 쓸어 넣듯이 모아 얼추 40줄로 만들어 놓고 일단 마침표를 찍었다. 이건 초고니까 나중에 다듬으리라. 되돌아보지 말고 다음 진도로 출발.

제3화는 의심과 좀비 변신이 중심 소재다. 3인조 중 수지에 대한 의심부터 시작했다. 교복 모델에서 수지만 빠졌기 때문에 그애가 질투심으로 낙서했다고 짐작하는 거다. 김민후, 여은, 채리가 수지를 거세게 몰아붙이며 달려든다. 수지가 아무리 아니라고 해도, 이미 머리가 팽 돌아 버린 세 아이는 좀처럼 생각을 바꾸지 않는다. 이번 이야기는 생각보다 잘 풀렸다. 세 아이가 수지를 괴롭히면 괴롭힐수록 김민후의 반점은 점점 커져 온몸으로 퍼진다. 김민후는 가려움에 몸부림친다. 긁다가 상처가 나고 피부가 벗겨져 피가 줄줄 흐른다. 거의 좀비다. 독자들은 좀비가 되어 가는 김민후를 보면서 제1화에서 꿈이 아니라 진짜 한 번 죽었다 살아난 게 아닌가, 하고 의구심을 품게 될 것이다. 어쩌면 현실에서도 망나니짓을 하면 좀비가 될 수 있다는 생각이 들기도 하겠지. 그러면 더욱 공포감에 휩싸일 거다.

김민후를 저승으로 보내고 키보드에서 손을 내렸다. 어깨와 허리가 뻐근했다. 배도 고팠다. 그러고 보니 점심도 걸렀다. 마지막 챕터는 뭐 좀 먹고 와서 써야겠다. 그런데 밥을 먹고 다시 독서실로 오기에는 시간이 좀 애매했다. 차라리 집에 가서 마무리하자 싶어 가방을 챙겨 독서실에서 나왔다.

비가 내리고 있었다. 비닐 파일을 꺼내 우산처럼 머리 위로 올리고 뛰었다. 대박 닭 꼬칫집을 지나치는데 아주머니가 불렀다.

"학생, 닭꼬치 먹고 가."

이제는 닭꼬치 굽는 냄새만 맡아도 속이 울렁거린다.

"곧 문 닫을 건데 원 플러스 원 해 줄게. 들어와. 우산 빌려줄까?"

"됐어요. 나중에 먹을게요."

"그래. 그럼. 꼭 와. 우리 집 건 달라."

달라? 뭐가 다르다는 건가. 진짜 궁금해졌다. 왜 10시에 문을 닫는지, 다른 가게에 비하면 너무 일찍 닫는 건 아닌지. 하지만 묻고 싶은 마음을 참았다. 이제부터 닭꼬치는 안 먹을 거니까, 일찍 문을 닫든 말든 상관없다. 고양이 고기로 꼬치를 만들든 말든.

상가 앞을 지나는데 여학생들이 교복점 앞에 모여 있었다. 거기 걸린 광고 브로마이드 속 여러 모델 중 한가운데 선 사람은 김민우였다. 여학생들이 김민우에 대하여 이야기꽃을 피웠다. 우리 학교 오빠라는 둥, 진짜 멋지다는 둥, 이 동네에서 이렇게 잘생긴 오빠는 처음 봤다는 둥, 길에서 봤는데 키가 엄청 크다는 둥……. 김민우 브로마이드를 본 이상 그냥 갈 수는 없었다. 집으로 가려던 발길을 돌려 김밥집으로 뛰어 들어갔다. 김밥을 주문하면서 '좀비들'에서 써먹은 빨강 펜 낙서를 생각했다.

'김민우에게 반점을 쿡.'

일부러 김밥을 느릿느릿 먹었다. 빗방울은 아까보다 굵어졌고, 거리에는 사람들이 뜸해졌다. 충분히 시간을 끌었다 싶었을 때 김밥집에서 나왔다. 교복점은 불이 꺼진 것으로 보아 문을 닫은 것 같았다. 우산을 쓴 여학생 두 명이 광고 브로마이드를 보고 있었다. 여학생들이 번갈아 사진 속의 김민우 옆으로 가 포즈를 취했다. 서로 사진 찍어 주기를 반복하더니 까르르 웃었다. 사진을 찍고도 성에 안 차는지 무슨 궁리를 하는 눈치다. 언뜻 들으니 브로마이드에 꽃을 붙이자고 하는 것 같았다. 꽃을 사러 가는지 여학생들이 서둘러 자리를 떴다.

나는 바지 뒷주머니에 꽂고 있던 사인펜을 뽑았다. 김민우 이마에 빨강 점 하나 그려 줄 거다. 어디 CCTV가 있는 건 아니겠지? 김민우 이마를 향해 팔을 뻗었다. 그런데 이런, 손이 떨렸다. 어쩌지. 마인드 컨트롤이 필요했다.

'넌 나를 모욕했어. 그러니 나도 이 정도는 할 수 있어.'

마음을 다잡고 다시 시도했다. 깨끗한 사진에 낙서를 하려니 죄짓는 기분이 들었다. 손이 떨리고 가슴이 두근거렸다. 그러고 있자니 엄마 지갑에 손댄 것도 생각났다. 내가 이토록 죄인지감수성이 예민했단 말인가.

"에이, 여드름이나 바글바글 나라."

빗방울이 점점 거세졌다. 도망치듯 그 자리에서 내뺐다. 빨강 점을 그리지도 못 했는데 왜 이렇게 떨리지? 교복점에서 멀어졌는데도 마음이 진정되지 않았다. 하려고 마음먹은 것만으로도 죄지은 기분이 드는구나. 이건 너무 불공평하다. 김민우는 미안하다는 말도 안 했는데 나는 고작 점 하나도 못 그렸다. 그것도 사진에다.

하필 천둥이 번쩍거리고 하늘이 쩍 갈라질 정도로 번개가 쳤다. 요즘 내리는 비는 꼭 천둥과 번개를 동반해 공연히 졸게 만든다니까. 빗방울이 더 빠르게 내리꽂혔다. 비닐 파일로는 감당이 안 되어 가방을 머리에 올리고 뛰었다. 바닥에 고인 물이 착착 소리를 내며 튀었다. 한창 그러고 가는데 비를 덜 맞는 느낌이 들었다. 내 옆에서 나란히 뛰는 다리도 보였다. 고개를 돌리니 박찬석이 내 머리 위에 우산을 씌운 채 뛰고 있었다.

"어, 박찬석!"

박찬석이 나를 내려다보며 웃었다.

"집에 가는 길? 나도야."

왜 자꾸 박찬석을 보게 되는 걸까? 우산 씌워 주는 건 고맙지만 또 그 악몽이 떠올랐다. 박찬석은 그날을 기억하고 있을까? 신경 쓰여서 마음이 불편했다. 비가 억수로 오는데 뿌리칠 수도 없고. 나오느니 한숨밖에 없는데, 박찬석이 갑자기 내 가방을 휙 가져가는 게 아닌가.

"네 가방 다 젖겠다. 내가 들게."

"아냐. 됐어. 이미 다 젖었어."

내가 가방을 빼앗으려 하자 박찬석이 재빨리 가방끈을 자기 어깨에 걸쳤다. 거기서 끝났으면 좋으련만, 이번에는 가방을 가슴 앞으로 당기더니 다른 한쪽 끈을 반대쪽 어깨에 걸쳤다. 내 가방을 껴안은 모습이 되었다. 가방을 너무 단단하게 메고 있어서 내가 잡아떼기도 힘들게 생겼다.

"그럼 우산이라도 내가 들게."

내가 우산 손잡이를 잡으려 하자 박찬석이 우산을 더 높이 들었다.

"괜찮다니까."

"어, 야."

다시 팔을 뻗어 봤지만 우산을 잡을 수 없었다. 하는 수 없이 두 손을 앞으로 모으고 걸었다. 얼마쯤 그렇게 걷다가 좀 어색해서 내가 말했다.

"소나기야. 요즘 내리는 비는 거의 소나기더라."

"소나기? 아닌데. 점심때부터 계속 내렸는데……."

"아, 그랬어?"

"공부하느라 창밖도 안 보는구나? 오늘은 비가 오니까 자꾸 창밖으로 눈이 가던데……. 너 집중력이 장난 아니다. 그러니 공부를 잘하지."

"아냐. 오늘 할 일이 좀 있어서 그래."

"공부 말고?"

"응."

박찬석이 그래?, 하더니 한 번 폴짝 뛰었다. 왜 그러나 봤더니 내 발과 맞추려는 것 같았다. 내가 오른발을 내밀 때 자기도 오른발을 내밀려고.

"이래야 네 신발이 덜 젖어. 빗물이 좀 멀리서 튀니까."

이미 다 젖었는데 뭘, 하고 말하려다 말았다. 내 신발이 젖을까 걱정한 박찬석을 민망하게 할 필요는 없을 것 같았다. 그런데 이상했다. 네 신발이 덜 젖어 이 말이 머릿속에서 맴돌았다. 별 의미 없이 하는 말일 텐데. 그 말이 뭐라고 자꾸 떠오르는 걸까. 나한테 관심 있나? 이젠 의미 부여까지 하고 있다. 나란 아이 정말 어이가 없다. 아무 말이라도 막 떠들어서 이 말도 안 되는 생각을 흘려보내야 할 텐데. 나는 무슨 말이라도 하려고 열심히 화젯거리를 찾았다.

"어디 갔다 와?"

"독서실."

"어느 독서실 다녀?"

"청운."

"길 건너네."

박찬석이 히, 하고 짧게 웃었다. 왜 웃지? 길 건너라는 게 웃긴가.

"여름에는 우산을 늘 갖고 다녀야 하는데 깜빡했어."

"무겁게 어떻게 매일 갖고 다녀? 느닷없이 비가 오면 오늘처럼 방법이 있겠지."

오늘처럼? 늘 내 곁에 있다가 무슨 일이 생기면 출동해 준다는 뜻인가. 또 시작이다. 정말 말도 안 되는 소리. 나 미친거 아냐! 박찬석이 눈치 못 채도록 미세하게 머리를 흔들었다. 내 딴에는 쓸데없는 생각을 털어 내려는 거다. 하지만 소용없었다. 방금 전 박찬석이 웃은 이유도 막 내 멋대로 상상했다.

'길 건너 독서실에서 창밖을 보다가 내가 걸어가는 것을 본거야. 비닐 파일을 우산 삼아 쓰고 가니까 부리나케 뛰어 나온 게 아닐까?'

가슴 속에서 안개가 모락모락 피어올랐다.

어떻게 변할지 몰라

제4화

칠흑 같은 어둠 속. 한줄기 빛이 김민후를 향해 쏟아졌다.

굵고 깊은 염라대왕의 목소리가 들려왔다.

"어리석은 것."

김민후가 항의하듯 말했다.

"얼굴이 얼마나 중요한데 이마에 반점을 주고 살아가라면 제가 어떻게 살아요? 게다가 저는 연예인이라고요."

"반점? 그게 무슨 소리냐?"

"빨갛고 가렵고 고름까지 났어요. 점점 커졌다구요."

"네 이마에 난 것 말이냐? 그깟 여드름이 뭐라고. 네 나이에 여드름 안 나는 사람도 있더냐."

"여드름이었어요? 그럼 왜 꿈에 나타나서 표를 준다고 하셨어요? 의미심장하게."

"헛소리 그만하고 네가 저승에 온 진짜 이유나 들어라."

염라대왕이 이어서 말했다.

"오이영이 너 때문에 분노가 쌓였더구나. 너에게 딱히 잘못한 것도 없는데, 괜히 모욕하고는 미안하다는 말도 안 했지? 잘난 외모를 타고났으면 감사한 마음으로 살아야지. 무시하고 멸시하고 망발이 웬 말이냐. 너한테 당한 아이가 한두 명이 아니야. 내가 더는 두고 볼 수 없어서 저승으로 불러들였다. 반성하라고 한 번 더 기회를 줬더니 제 버릇 개 못 주고 다시 돌아왔구나. 쯧쯧쯧."

"제 사진에 낙서한 범인이 오이영이에요?"

"범인이라 부르지 마라. 내가 화풀이하라고 허락했다."

"화풀이가 아니라 범죄예요. 이건 영업 방해라고요."

"말귀를 못 알아 듣는구나. 나 염라대왕이 허락했다고 하지 않느냐."

김민후는 그제야 염라대왕의 위력을 알아듣고 머리를 조아렸다.

"염라대왕님, 가서 미안하다고 할게요. 다시 보내주세요."

"네가 죽었으니 그것으로 됐다. 오이영도 이젠 화가 풀렸을 것이다."

염라대왕이 저승사자를 불렀다.

"여봐라."

저승사자 둘이 오랏줄을 들고 나타났다.

"2006년 8월 5일생 김민후. 지금 집행하겠습니다."

저승사자가 오랏줄로 김민후를 꽁꽁 묶었다.

울부짖으며 끌려가는 김민후.

곧 어둠 속 가득히 비명이 울려 퍼졌다.

어젯밤에 마지막 챕터까지 쓰고 잤다. 아침에 일어나 다시
보니 오이영이라는 이름이 내 이름이랑 너무 비슷해 김이영
으로 바꿨다. 처음부터 끝까지 꼼꼼히 읽어 보고 오타나 비
문을 점검했다. 세 번째 챕터에서는 서로 얼굴을 뜯는 장면
을 조금 수정했다. 피를 철철 흘리며 피부가 벗겨져 너덜너덜
해졌다는 표현은 마음이 약한 사람들에게 정서적 불안을 초
래할 것 같아서 조금 순화했다. 4챕터에서는 염라대왕과 김
민후가 대화하는 장면을 조금 늘리면서 다듬었다.

괴담 게시판으로 들어갔다. 공모전 참여작만 올리는 게시
판이 따로 마련되었는데, 벌써 여러 편이 올라와 있었다. 대
부분 10챕터 이상으로 길었다. 그에 비하면 내 건 너무 짧은
것 같았다. 분량에서부터 밀리는 기분이다.

"제목이라도 임팩트 있게 지어야 할 텐데……. '좀비들'은
좀 식상해."

제목을 다시 생각하기 시작했다. 외모에 대한 이야기니까
외모 괴담이나 뷰티 괴담이면 어떨까. 주인공이 남자니까 뷰
티보다는 외모가 더 어울릴 것 같았다. 외모 괴담이라고 써

놓고 보니, 제목에서 내용이 너무 노출되는 느낌이다. 제목만 보고도 어떤 내용인지 짐작이 되면 읽고 싶은 욕구가 떨어지니까. 처음부터 다시 읽으면서 제목이 될 만한 낱말을 찾아봤다. 반점과 여드름이 눈에 들어왔다. 여드름보다는 반점이 더 상상력을 자극할 것 같았다.

"반점."

제목을 '반점'으로 정하고 게시판에 올렸다. 공모전에 응모하고 나니 진짜 작가가 된 듯했다. 여태까지 독후감이나 일기는 써 봤어도 이야기를 써 본 건 처음이다. '오디션 괴담'을 썼을 때랑은 사뭇 느낌이 달랐다. 나름 기승전결을 갖춘 작품을 썼으니, 이건 정말 놀라운 발전이다.

"오이진 멋지다."

김민우, 네가 나를 자극하지 않았다면 이런 일은 하지 않았겠지. 그래도 네 덕분이라고 말하고 싶지는 않다. 면봉이나 준비하고 있어라. 괴담 사이트에서 네 이야기가 쏟아질 테니 귀가 간지러울 거다.

"음 하하하."

창으로 햇빛이 들어왔다. 밤새 그렇게 천둥 번개가 치더니 언제 그랬냐는 듯 맑았다. 이젠 씻고 학원 갈 준비를 해야 하는데 벌써 '반점'의 반응이 궁금했다. 못 참고 열어 봤다. 조회수는 10, 아직 댓글은 없었다. 얼른 화장실로 뛰어 들어갔다.

'빨리 샤워하고 또 확인해야지.'

화장실에서 나오니 엄마가 전화하는 소리가 들렸다.

"어머! 애, 돈이 없어졌는데, 네 형부도 안 가져갔다고 하고, 나도 쓴 기억이 없다. 요 근래 10만 원 정도 쓴 기억이 전혀 없어. 12만 원인지 10만 원인지 정확한 액수도 모르겠어. 건망증이 생겼나?"

드디어 엄마가 알았다. 나는 재빨리 옷을 갈아입고 식탁으로 갔다. 삶은 계란 한 알을 욱여넣고 우유를 들이켰다. 엄마는 아직도 이모랑 10만 원이니, 12만 원이니, 건망증이니, 치매니, 하며 대화 중이었다. 그러다 1, 2만 원씩 빼 쓴 게 모여 10만 원이 된 것 같다고 결론 짓고 있었다. 전화 통화가 끝나기 전에 얼른 나가려는데 엄마가 기다리라는 듯 손짓을 했다. 나는 급한 척 신발을 신으며 스마트폰을 가리켰다. 할 말 있으면 문자로 하라는 뜻이다.

학원으로 가면서 뷰티 토너를 바르지 않았다는 생각이 들었다. 그토록 갖고 싶어 한 뷰티 토너를 얻었는데 어제도 안 바르고 오늘 아침에도 바르지 않았다. 괴담 창작에 정신이 홀딱 빠져 버린 탓이다.

'정신머리하고는.'

오늘 밤에 세수하고 발라야지, 하고 있는데 정효정으로부터 문자가 왔다.

정효정 — 혹시 찐찐 언니 너네 학원에 왔니?

몰라. 나 아직 학원 도착 전인데. 왜? — 오이진

정효정 — 묻고 싶은 게 있어서.

? — 오이진

정효정 — 뷰티스타그램2 이름을 뭐로 바꿨는지 알려 달라고.

무슨 말이야? — 오이진

정효정 — 검색이 안 돼서. 저번에도 뷰티스타그램이 뷰티스타그램2로 바뀐 거잖아. 그래서~.

3으로 해봐. 나도 학원 가면 검색해 볼게. 지금 걷는 중. — 오이진

정효정 — 진단 받았니? 몇 코스로 나왔어?

아직. 돈 마련되면 하려고. 11월에나 가능할 듯. — 오이진

정효정 — 역시 신중하네. 나도 좀 천천히 할걸 그랬나?

왜? 잘하고 있잖아. — 오이진

정효정 — 여튼 그 언니 보면 한번 물어 봐.

그래. — 오이진

학원 건물 앞에 메구들이 모여 있었다. 오늘이 방학 특강 종강이라고 축하해 주러 왔나 보네. 학원 안으로 들어가지 않고 있는 걸 보니 또 한소리 들은 모양이었다. 오늘은 네 명이다. 진영이, 그러니까 찐찐이 안 보였다. 나랑 마주치기가 불편한가? 정효정의 문자를 받지 않았다면 그렇게만 생각했을 텐데, 이상하게 느낌이 안 좋았다.

늘 붙어 다니던 5인조에서 왜 찐찐만 빠졌을까? 혹시 돈 받고 뛴 거 아냐? 그런 생각이 들자 겁이 났다. 갑자기 역대급 파격 할인을 한 것도, 돈을 자기에게 입금하라고 한 것도, 이상하게 생각하면 이상한 일이다. 정효정이 나더러 신중하다면서 자기도 천천히 할걸, 하고 말한 것도 걸렸다. 우리, 사기 당한 건가? 나는 12만 원, 정효정은 100만 원이 넘는다고 했다. 만약 사기라면 그나마 느적거리다가 12만 원만 뜯긴 건 천만다행이다. 아니다. 12만 원이면 대단히 큰돈이다. 그것 때문에 내가 얼마나 떨었는데.

'왜 찐찐만 빠졌을까?'

정효정이 목 빠지게 소식을 기다리고 있을 테니 물어나 볼까? 나는 천천히 메구들에게 다가갔다. 뭐 때문에 흥분했는지 자기들끼리 욕을 섞어 가며 지껄이던 메구들이 나를 봤다.

"저기, 진영이 언니 지금 어딨어요?"

긴 생머리를 늘어뜨린 메구가 대답했다.

"왜? 네가 그걸 알아서 뭐 하려고?"

"물어 볼 게 있어서요."

이번에는 노랑머리가 말했다.

"걔 바빠. 회원 만나러 간다고 했어."

다른 메구들이 노랑머리에게 뭐 하러 말해 주냐고 핀잔을 놓았다. 나는 속으로 안도의 한숨을 쉬었다. 회원을 만나러 갔다면 계속 뷰티스타그램 일을 하고 있는 거니까. 그 자리에서 물러나 학원으로 향하는데 메구들이 떠들기 시작했다.

"아, 씨발. 어떤 새끼냐? 잡아서 짓찧어 버리자."

무슨 말인가 싶어 들어 봤더니 김민우 광고 사진 이야기였다. 누가 빨강 펜으로 낙서를 했는지 빗물에 얼룩져 엉망이 되었다는 것이다. 나는 흠칫 놀랐다. 내가 하려던 짓을 누가 했나? 가슴이 뜨끔했다. 나도 모르게 나는 아냐, 하고 중얼거렸다. 그런데 누굴까? 나만큼 김민우를 미워하는 사람이. 왠지 동지가 생긴 기분이 들었다.

강의실에 김민우가 와 있었다. 김민우의 패션이 바뀌었다. 안 쓰던 야구 모자를 썼다. 가끔 모자를 들썩거리며 반쪽짜리 욕을 했다.

"아, 씨!"

광고 사진 때문에 화가 난 것 같았다. 조심스럽게 김민우의 동태를 살폈다. 김민우는 모자를 살짝 들어 올리고 스마트폰

액정에 얼굴을 비춰 봤다. 그러고는 또 반쪽짜리 욕을 뱉었다. 얼굴에 신경 쓰는 것으로 봐서는 광고 사진 때문만은 아닌 것 같았다. 그보다 더 짜증 나는 일이 있나 본데, 뭘까? 주변 아이들이 쳐다보니까 김민우가 모자를 더 단단히 눌러 썼다. 내 바람이자 짐작인데 이마에 뭐가 난 것 같단 말이야. 여드름이나 뾰루지 같은 거.

'너라고 별수 있니? 여드름을 어떻게 막아?'

뷰티 토너를 바르든지. 찐찐이 뷰티스타그램을 소개해 주든지 해야겠군. 어쩌면 벌써 가입했는지도 모르겠지만. 그런데 진짜 여드름이 났다면 '반점'이랑 너무 비슷하게 돌아가는 거 아냐? 웃음이 나는 걸 꾹 참고 있을 때 문자가 왔다.

엄마 ── 메일 보냈어. 초고 완성했거든.

오키～ ── 오이진

아, 난 또. 12만원 때문에 문자한 줄 알았네. 메일은 나중에 열어 보기로 하고 괴담 사이트에 들어가 봤다. '반점'은 벌써 3페이지나 뒤로 밀려나 있었다. 참 많이도 응모한다. 사람 불안하게. 그래도 생각보다 조회 수가 많이 늘었다. 올린 지 몇 시간 안 된 것에 비하면 댓글도 꽤 많이 달렸다. 댓글이 달렸다고 다 좋은 건 아니다. 여전히 어설프다는 둥 싱겁다는 둥, 나에게 삭제할 권한이 있다면 이런 댓글은 삭제를 하겠지만 그럴 수 없었다. 주최 측에서 무슨 조치를 취했는지 댓글은 건드릴 수 없었다.

조금 위안이 되는 댓글도 있었다.

망고가 현실적인 내용이라 몰입된다고 썼고, 무지개는 학교폭력과 외모 갑질 비판 괴담이라며 당한 사람이 보면 속 시원하겠다고 썼다. 칭찬 글이 올라오자 그 다음 사람도 비슷한 내용으로 댓글을 달았다. 장미가 꿈에서 시작해서 저승으로 끝나는 게 신선했다면서 나더러 '오디션 괴담' 쓴 사람 아니냐고 물었다. 수일은 자기네 학교에도 연예인 한다고 깝죽대는 아이가 있는데 김민후가 그 애인 줄 알고 심장이 쫄깃했단다. 김민우 같은 아이가 또 있는 모양이다. 반갑게도 찬돌이 또 나타났다. 찬돌이 '반점'을 내년 여름에 오디오로 듣고 싶다고 댓글을 달았다.

'찬돌님은 나에게 엔돌핀을 솟게 하는 사람.'

지금 김민우는 정서 불안 상태다. 이제는 자기 이마를 사진 찍고 있다. 여러 장 찍더니 스마트폰을 들여다보며 화면을 확대했다. 표정이 여간 심각한 게 아니다. 흠, 한숨 쉬는 소리가 땅이 꺼질 듯 터져 나왔다. 여드름이 틀림없다. 그것도 왕여드름. 아무리 얼굴로 먹고사는 모델 지망생이라지만 그깟 여드름 가지고 오버가 장난 아니다. 그러다 문자가 왔는지, 김민우가 손가락으로 터치 터치하며 들어갔다. 한참 스마트폰을 들여다보던 김민우의 표정이 서서히 변했다.

수업 시간이 되었는데도 김민우는 스마트폰을 책상 아래로 내리고 열나게 키패드를 누르고 있었다. 저런 정신 상태로는 영어 수업을 들을 리 만무한데 김민우는 나갈 생각이 없어 보였다. 오늘이 종강이라 성의를 보이려는 건가. 하지만 정서 불안 상태는 수학 시간에도 여전했다. 끙끙 앓는 소리까지 냈다. 오죽하면 수학 선생님이 아프면 집에 가도 된다고 했을까.

'반점' 때문인가? 그게 자기 이야기라고 눈치챈 걸까? 그럴리가. 이름도 다르고, 내용도 순전히 내 상상으로 지어낸 건데. 참 묘하긴 하다. 오비이락이라고. 어떻게 '반점'을 올리자마자 여드름이 나느냐 말이다. 절묘해서 통쾌하긴 한데, 왠지 좀 켕겼다. 만약 그 글 때문에 저러는 거면 어떻게 하지? 다정도 병이라더니 내가 또 흔들리고 있었다.

한 달 간의 여름방학 특강이 마무리되었다. 김민우는 미리 나갈 준비를 하고 있었는지 수업이 끝나자마자 튀어나갔다. 아이들도 강의실에서 하나 둘 나가기 시작했다. 나도 책가방을 챙기고 있는데 정효정으로부터 문자가 왔다. 아차! 뷰티스타그램3을 검색해 본다고 하고 깜박했다.

정효정 이진아, 찐찐 언니한테서 연락 왔어. 곧 새 주소 알려 준대.

'그럼 그렇지.'

A반 강의실 앞에 뜻밖에도 박찬석이 서 있었다.

"이진아."

"어, 찬석아."

"안 놀라네? 나 C반 강의실에서 특강 들었는데."

박찬석이 뒷머리를 한 번 긁적거렸다. 그 모습을 보니 방학 특강 첫날이 생각났다. 따지고 보면 박찬석도 그날의 기억이 좋을 건 없다. C반에 들어갈 아이가 A반 강의실로 들어왔으니. 피차일반이다, 생각하니 마음이 조금이나마 단단해졌다.

"집에 가는 길이야? 아니면 또 다른 학원 가?"

갑자기 화제를 바꿨는데도 박찬석이 아무렇지 않게 대답했다.

"집에 가는 길. 같이 점심 먹지 않을래? 내가 쏠게."

종강도 했겠다, 괴담도 응모했겠다, 마침 이 기분을 기념하고 싶었는데 잘되었다.

"좋아."

학원 건물에서 나오니 앞에 메구들이 서성이고 있었다. 아직 김민우가 나오지 않은 모양이었다. 아마도 김민우는 화장실에서 여드름을 짜고 있을 것이다.

"쟤, 그때 그 초딩 아니냐?"

초딩? 중고등학교 전문 학원에서 어울리지 않는 별명이다. 누구 보고 막말을 하나 싶어 돌아보니 메구들이 박찬석을 보고 있다. 나는 새삼 박찬석을 다시 봤다. 내 고개가 들리는 각도가 느껴졌다. 얘가 이렇게 컸던가. 우산 쓰고 갈 때만 해도 잘 몰랐는데. 아, 생각해 보니 박찬석이 들고 있던 우산이 꽤 높았던 것 같다. 내가 잡으려고 해도 못 잡았었지. 박찬석이 씨익 웃었다. 초딩이라는 말에 별로 신경 쓰지 않는 것 같았다. 지금은 그 별명에서 충분히 벗어났다는 자신감 때문인지.

"쟤 달라졌다?"

메구들의 말투가 어쩐지 박찬석에게 관심 있어 보였다. 설마 김민우에서 박찬석으로 갈아타려는 건 아니겠지. 박찬석은 메구들의 말을 못 들었는지, 못 들은 척하는 건지 걷는 데만 집중했다. 나는 한 발 뒤처진 내 걸음을 당겨 박찬석과 발을 맞추며 말했다.

"너 많이 변한 것 같아."

"키가 많이 컸어. 이번 여름방학 동안 많이 자랐어."

우후죽순이라는 말이 생각났지만 박찬석이 잘 못 알아들을 것 같아서 그 말보다 더 좋은 말을 찾아봤다. 마침 짙은 초록

물을 담뿍 머금고 있는 플라타너스 나무들이 눈에 들어왔다.

"완전 여름날의 나무들 같아."

박찬석이 힉, 웃더니 말했다.

"너도 변했어."

"내가?"

"너 4학년 때 통통해서 귀여웠는데 지금은 날씬해졌어."

"그때도 짝눈이었고 지금도 짝눈인걸."

이 말만은 안 하고 싶었는데 나도 모르게 털어놓고 말았다. 박찬석이 귀여웠다고 칭찬하니까 갑자기 자존감이 올라갔는지. 내 말이 끝나기가 무섭게 박찬석이 마침 생각났다는 듯 말했다.

"난 네가 나를 볼 때마다 윙크하는 줄 알았어."

나는 큭, 하고 웃었다. 윙크라니. 그 말이 왜 이렇게 듣기 좋은 거야.

"그래서 네가 날 좋아하는 줄 알았잖아."

애가 점점. 그건 아니라고 말하려는데 박찬석이 말했다.

"우리 대박 닭 꼬칫집 갈까?"

"아니. 김밥집 가자. 거기 여러 가지 팔아."

유난히 쫄깃한 닭꼬치는 이제 그만 먹을 거다.

우리는 교복점 옆 김밥집으로 향했다. 교복점 쇼윈도 앞을 지날 때 슬쩍 보니 김민우 광고 브로마이드가 없었다. 박찬석이 걸음을 늦추더니 쇼윈도 쪽으로 걸어갔다. 쇼윈도에 나랑 박찬석의 모습이 나란히 비쳤다. 우리는 눈이 마주쳤고, 마치 약속이라도 한 듯 웃었다. 박찬석이 혼잣말처럼 중얼거렸다.

"교복 광고는 우리가 해도 되겠다."

우리가? 큭, 하고 나오는 웃음을 참으며 김밥집으로 들어갔다. 김밥집에서 나는 김밥 한 줄과 어묵을 시키고, 박찬석은 김밥 한 줄에 라면을 시켰다.

"한 젓가락 먹어 볼래?"

라면이 나왔을 때 박찬석이 물었다. 예상치 못한 질문에 머릿속이 복잡해졌다. 박찬석이 마음에 들고 다음에도 또 만나고 싶은데, 이럴 때는 어떻게 말해야 하나? 싫다고 하면 너무 정 없어 보일 것 같고, 한 젓가락 건져 먹으면 추접해 보일 것도 같고.

"누가 라면 먹으면 왠지 한 젓가락 먹어 보고 싶잖아."

박찬석은 내가 라면 한 젓가락을 가져가기를 간절히 원하는 것 같았다.

'에라. 모르겠다.'

남의 그릇에 젓가락 담그는 건 내 성격이랑 맞지 않지만. 라면 몇 가락을 건져 입으로 가져갔다. 그제야 박찬석이 라면을 먹기 시작했다. 이러고 있으니 꼭 둘이 사귀는 것 같고,

얼굴이 빨개지는 것도 같고, 웃음도 나고, 이상했다. 나는 김밥을 다 먹기 전에 또 한 가지 해결해야 할 게 떠올랐다. 김밥을 먹은 다음에 빙숫집이나 카페에도 가고 싶은 거다. 박찬석이 라면 가락을 거의 다 건져 먹었을 때 내가 말했다.

"저번에 우산 씌워 준 보답으로 디저트는 내가 살게."

박찬석이 라면 국물을 한 숟가락 떠 마시고 대답했다.

"좋아."

박찬석의 이마에 투명한 땀방울이 방울방울 맺혔다. 내가 휴지를 뽑아 주니 그걸 받아 이마를 닦았다. 짧은 머리카락이 옆으로 꺾이면서 하얗고 깨끗한 이마가 고스란히 드러났다. 박찬석은 키 크기에 바빠서 여드름이 날 새가 없었나 보다.

우리는 김밥집에서 나와 상가 앞을 걸었다. 카페보다는 빙숫집이 먼저 보여 박찬석에게 빙수 먹겠냐고 물으니 머뭇거렸다. 왜 그러나 봤더니 빙숫집 안에 김민우와 메구들이 앉아 있었다.

박찬석이 말했다.

"카페 가자. 시원한 음료 마시자."

"그래."

"쟤들, 요즘 덜 나타나지? 내가 원장님께 말씀드렸거든. 못 오게 하라고. 만약 자꾸 오면 학원 끊겠다고. 친구들에게도 소개 안 해 주겠다고 했지."

"정말? 그럼 혹시……."

좀 전에 메구들이 초딩이라고 했을 때, 콜라 사건이 떠올랐다. 그때도 개네들이 초딩 어쩌구 하면서 욕을 바가지로 퍼부었다. 콜라도 네가 엎지른 거냐고 마저 물으려는데 박찬석이 말했다.

"맞아. 내가 한 거야. 사인펜으로 몇 개 안 그렸는데 비 때문에 막 번졌지."

아, 얘 뭐야. 내 수호천사라도 되는 건가.

박찬석이 한 박자 쉬고 이어서 말했다.

"쟤네들 답이 없어."

"눈치도 없으니 설상가상이다."

"왜 어려운 말을 쓰고 그래?"

박찬석이 농담처럼 말하니까 웃겼다. 사자성어 하니까 또 그 말이 떠올랐다. 대기만성. 박찬석은 대기만성이다. 조금 늦게 자랐지만, 키 크다고 잘난 척하는 김민우만큼 컸다. 그러니까 아무도 모른다. 우리가 한 달 후, 일 년 후, 몇 년 후에 어떻게 변할지. 엄마 말이 틀린 게 아니었다. 우리는 하루가 다르게 자란다고 했던. 아이는 자라면서 열두 번 변한다는 외할머니 말도 맞다. 정말 아무도 모른다. 정효정 엄마처럼 스무 살쯤에는 없던 쌍꺼풀이 생길지. 박찬석이 그걸 증명하듯 내 옆에서 걷고 있지 않은가.

"다음 주말에 뭐 해?"

박찬석이 물었다.

"딱히."

"나 영화표 있는데, 같이 볼래?"

"어떤?"

"당연히 공포 영화지. 올 여름 가기 전에 한 편은 봐야지. 너도 괜찮지?"

영화 취향까지 어쩌면.

"당연히 좋지."

박찬석이 자기 스마트폰을 열고 말했다.

"너 전화번호 알려 줘."

아직도 내 전화번호를 모르고 있었구나. 나는 박찬석의 스마트폰에 내 전화번호를 찍었다. 그러고 나니 바로 내 스마트폰에 벨이 울렸다.

"내 번호야. 저장 부탁해."

"콜."

우리 둘은 걸어가면서 스마트폰에 서로의 이름을 입력했다. 나는 만성찬석으로. 찬석이는 나를 뭐로 저장했을까나. 그건 찬석이의 영역이므로 굳이 묻지 않았다.

❖ 에필로그 ❖

솔솔 바람이 불었다. 바람에서 습기가 느껴지지 않았다. 이런 바람은 비를 머금지 않았다. 여름이 끝나고 가을이 온다는 느낌을 주는 바람이다.

학교 가는 길에 엄마로부터 문자가 왔다. 왜 메일을 확인하지 않냐면서 내 비평을 듣고 퇴고하려고 했는데 지금 보니 여태 안 읽은 상태란다. 나는 뜨끔하여 얼른 메일함을 열었다. 엄마가 보낸 메일에는 '장편소설-지은이 최민영'이라는 파일이 첨부되어 있었다. 나는 꽤 긴 글을 썼네, 하고 생각했다. 그리고 메일을 열어 봤다는 표시로 우선 문자 한 통을 보냈다.

> 열심히 읽고 느낀 점 말해 줄게. 짝짝짝. ― 오이진

엄마 ― 응. 쉬는 시간에 읽어.

파일을 다운로드 해 놓고 교실에 가서 열어 봤다. 읽는 데

202

얼마나 걸릴까, 하는 생각에 먼저 길이부터 점검했다. 페이지를 넘기고 넘겨도 끝이 없다. 스크롤바를 주욱 아래로 내렸더니 무려 200쪽이나 되었다. 200쪽이면 얼마나 긴 거지? 파일 정보를 열어 원고지로 환산하니 1,500매가 넘는다. 쓰인 낱말 수가 무려 7만 9,532개나 되었다. 엄마가 갖고 있는 어휘가 이렇게 많았던가. 내가 쓴 '반점'은 800 단어가 조금 넘는다. 거의 100배다, 100배. 입이 떡 벌어졌다. 그동안 혼자서 작가 수업을 하느라 고군분투했을 엄마를 내가 왜 몰라봤을까? 이제야 예쁜 친구들 앞에서 주눅 들지 않고 기죽지 않았다던 엄마 말도 이해되었다. 이런 엄마라면 정말 그럴 만하다.

엄마에게 또 한 통의 문자를 보냈다.

> **수고했어용. 엄마.** ― 오이진

가슴이 뭉클했다. 이 원고를 쓰기 위해 엄마는 얼마나 긴 세월 동안 공을 들였을까. 비교가 무색한 글이지만 '반점'이 떠올랐다. 그저 상금을 받고 싶은 욕심에 쓴 '반점'은 거의 즉흥적으로 이틀 만에 써낸 허접하기 짝이 없는 글이다. 살갗이 찢어져 피가 흐른다고 쓴 부분은 메구들이 하는 욕만큼이나 유혈이 낭자했다. 그 애들을 그렇게 욕했으면서 나 역시 걔네들이랑 다를 게 없어 보였다. 내 딴에는 문학적으로 쓴답시고 상상력이니 비유와 상징을 가미했다느니 하며 너스레를 떨었지만, 그저 감정을 여과 없이 드러냈을 뿐이다. 코푼 휴지 같다고나 할까. 부끄러웠다. 게다가 신나게 욕 글을 썼으면서도 돌려 썼다는 미명하에 죄책감도 느끼지 않았다.

'지워야지.'

상금 100만 원은 포기다. 잘 쓴 글들이 많아서 포기라는 말도 주제넘은 말이긴 하지만. 다행인지 불행인지 일주일여 동안 뷰티프로젝트에도 큰 관심이 없었다. 참새가 방앗간 드나들듯 틈날 때마다 드나들던 곳이었는데. 박찬석 덕분인가? 찬석이랑 노느냐고 뷰티 생각을 덜 한 것 같단 말이야. 어쨌거나 내 생각이 그 프로젝트에는 참여하지 않아도 사는데 지장 없을 거라는 쪽으로 굳어지고 있었다.

'반점'을 지우러 게시판으로 들어갔다. 하지만 공모전에 이미 올린 글은 삭제 절차가 복잡했다. 주최 측에 연락해서 본인 인증하고 새로 비밀번호를 받아야 한다는 거다. 곧 수업이 시작될 거라 지금 당장은 삭제가 힘들었다. 나중에 한가할 때 해야지, 하고 있는데 박찬석으로부터 문자가 왔다.

만성찬석   재미난 채널 알려 줄게. 올 여름은 이걸로 버텼다.
완전 고마운 채널.

박찬석이 보낸 링크 주소는 나도 너무나 잘 알고 있는 채널이었다. 알기만 할까, 공모전에 응모도 한걸. 그러고 보니 찬석이 이름과 비슷한 닉네임을 본 것 같다. 내가 올린 글마다 댓글을 달아 주었던 찬돌.

박찬석은 내가 외씨아씨인 건 아직 모르는 것 같았다. 사심 없이 응원했다고 생각하니 내 괴담의 진가를 인정받는 기분이 들었다. 어설프고 모자란 글이라고 핀잔도 많이 받았지만, 적어도 박찬석에게는 좋았던 모양이다. '반점' 삭제는 보류다. 박찬석이 응원한 글인데 갑자기 사라지면 허탈해할 것 같았다. 뭐가 됐든 결과를 기다려 보는 걸로. 하여간 박찬석에게는 특급 칭찬을 해 줘야 한다.

점심시간에 엄마가 쓴 소설을 읽고 있는데 정효정이 왔다.

학교에서는 뷰티스타그램 이야기는 하지 않으려고 노력한 모양인데 참을 수 없었나 보다. 정효정은 쌍꺼풀 레이스를 붙이고 있었다. 쌍꺼풀 레이스를 보니 오늘도 깜박 잊고 바르지 않은 뷰티 토너가 생각났다. 아이고, 까마귀 고기를 먹었나 속으로 나를 야단치고 있는데 정효정이 속삭이듯 작은 소리로 물었다.

"반장, 찐찐 언니하고 연락해 봤어?"

"아니. 요즘은 메시지 안 보내던데……."

"너 아직 시작 안 한 거야?"

"가입만 하고, 진단은 아직."

이제 그 프로젝트에는 참여하지 않을 거라고 하려는데, 정효정이 말했다.

"편의점 월급 받아서 몽땅 입금했거든. 그 이후로 찐찐 언니가 메시지에 답을 안 해. 아, 왜 그러지?"

정효정에게 이상한 버릇이 생겼다. 말하는 중에 자주 옆구리를 긁는 거다. 뷰티 크림 명현현상인가. 그러고 보니 전보다 살이 좀 빠진 것 같긴 했다.

"내가 메구들, 아니 그 이쁜이 5인조에게 물어 봤을 때 회원 만나러 간다고 했다더라. 바빠서 그럴 거야."

"언제 그랬어? 내가 전화했던 날?"

"응. 방학 특강 종강하던 날."

"그날 다른 채널 알려 준다고 했는데……."

"아직도 채널 이름 몰라? 3으로 해 봤어?"

"응. 안 돼. 넌 검색 안 해 봤어?"

정효정이 힐난하듯 물었다.

"나 요즘 바빠서……. 신경을 못 썼어."

정효정이 또 너도 가입했잖아, 하고 물었다. 그러게. 차마 내 마음이 뷰티스타그램에서 멀어진 것 같다고는 말하지 못했다. 그러고 보니 가입비 12만 원은 좀 마음에 걸렸다. 아무래도 아빠 슈퍼에서 일을 도와야 할 것 같았다. 매일 한 시간씩 보름쯤 일하면 12만 원 값어치를 하지 않을까.

정효정이 내 스마트폰을 넘겨다보더니 말했다.

"괴담이 그렇게 재밌냐?"

"괴담 아니고, 소설이야."

"e북?"

e북. 그 말이 마음에 들었다. 엄마 소설은 이미 나에게 소설책이나 다름없으니까.

"e북, 맞아."

말하면서 나도 모르게 웃었는지 정효정이 그렇게 재밌냐, 하더니 옆구리를 긁었다. 블라우스 자락 밑으로 살짝 드러난 부분에 피가 맺혀 있었다. 이 정도면 명현현상이 아닌 것 같은데. 내 생각일 뿐이라 뭐라 말해 줄 수도 없고. 정효정에게 힘과 위로가 되는 말이라도 해 주자 싶었다.

"나 에이스 학원 계속 다닐 거거든. 학원에 찐찐이 나타나면 물어 볼게."

"꼭, 부탁해."

눈치가 이상해서 돌아보니 방은진이 우리 쪽을 보고 있었다. 나랑 눈이 마주치자 얼른 거두기에 나는 그냥 씨익 웃었다. 정효정은 방은진하고도 이야기가 하고 싶은지 방은진 자리로 갔다.

종례 끝나고 여느 때처럼 학원으로 향했다. 박찬석은 내가 듣는 시간보다 한 시간 늦게 수강 신청을 했다고 했다. 학교가 멀어서 종례 끝나고 오면 나랑 같은 시간은 무리였다. 어차피 다른 교실로 배정되겠지만. 뭐 굳이 매일 보는 것보다는 가끔 같이 영화를 보는 편이 나을지도 모른다. 시간 약속을 하고 어떤 장소에서 만나기로 하면 만나는 시간까지 아주 많이 기쁘고 설렌다. 일주일쯤 되었나, 박찬석과 가까워지고부터 나는 기다리는 시간도 만나는 시간 못지않게 좋다는 것을 알았다. 그제 토요일처럼. 나랑 영화 볼 남자가 있겠냐고 악담을 퍼부었던 김민우. 네가 한 말은 틀렸어. 박찬석과 나는 우리 동네 영화관도 아니고 요즘 수원에서 가장 핫한 수원역까지 가서 영화를 봤다. 영화도 보고 로데오 거리에서 파스타도 먹었다. 거리를 거닐다가 길가 가게에서 선물도 사서 서로 주고받았다. 내 가방에 달린 토끼 인형이 바로 그거다.

들리는 소문으로 김민우는 영어만 듣기로 했단다. 김민우를 또 봐야 하는 괴로움이 있지만 나도 할 만큼은 했기에 참아 주기로 했다. 이제는 '반점'에 대해서도 마음을 많이 비웠는데, 의외로 댓글이 더 늘어나 있었다. 댓글을 단 사람들 중 많은 이들이 김민후를 성토했다. 우리 반 김민후는 어쩌고, 우리 학교 김민후는 저쩌고, 하는 댓글이 꽤 많이 달린 것으로 보아 김민후라는 이름이 외모 갑질 학원 폭력의 대명사처럼 쓰이고 있는 느낌이었다. 처음에는 이런 댓글이 나 대신 김민우를 욕해 주는 것 같아서 좋았지만, 이렇게까지 길게 길게 욕이 이어지니까 오히려 김민우에게 미안했다.

'오늘은 어떤 댓글이 달렸을까?'

괴담 게시판에서 한참 뒤로 밀려난 '반점'을 찾으니, 역시 댓글 수가 늘어나 있었다.

┗ 슈퍼쾌남- 제발 이 글 좀 내려 줘요.(22시간 전)
┗ 슈퍼쾌남- 아, 씨! 내려 달라니까요.(4시간 전)

이건 또 무슨. 일주일 전, 그러니까 여름방학 특강 종강 날에는 슈퍼쾌남이 '이거 완전 개빡치네', 라고 올렸다. 슈퍼쾌

209

남이 왜 자꾸 나타나는 걸까? 명색이 공모전에 응모한 작품을 내려 달라니. 자기가 무슨 자격으로.

스마트폰을 끄고 고개를 드니 김민우가 왔다. 모자를 푹 눌러쓰고 고개를 숙이고 들어오는 폼이 예전 같지 않았다. 왜 저러나 싶어 예의 주시했더니, 글쎄 얼굴이 시뻘겋다. 여드름이 옴팡 솟아오른 것이다. 그 모습을 본 순간, '제발 이 글 좀 내려 줘요'라는 댓글이 떠올랐고, 내 머릿속 필름이 재빨리 뒤로 돌아갔다. '오디션 괴담 1'에서 발목을 다친다고 썼더니 김민우가 발목에 깁스를 하고 나타났고, '오디션 괴담 2'에서 생수병을 밟아 아랫도리가 젖었다고 썼더니 김민우 운동화가 콜라에 젖었다. '반점'에서는 이마에 반점을 그려 넣었더니 김민우 얼굴에 여드름이 났다. 지금은 여드름이 성해져서 완전 바글바글이다.

'아, 씨. 반쪽짜리 욕도 그렇고. 슈퍼쾌남이 김민우였어.'

김민우는 그 글들 때문에 자기에게 이런 일이 일어났다고 생각하는 모양이었다. 발목과 콜라는 순전히 우연의 일치였고, 여드름이야 그 나이에는 누구든 날 수 있는 건데. 그걸 자기에 대한 저주로 여겼나?

'세상에, 저주라니!'

불쌍하구나, 김민우. 학원 끝나면 집에 가서 삭제해 주리라. 아, 주최 측 근무 시간이 6시까지던데. 학원 끝나면 6시가 넘는다. 아무래도 내일 해야겠다. 내일은 시간이 날까 모르겠지만 학교 끝나고 학원 오는 시간에 짬을 내 봐야지. 주최 측에 전화해서 삭제하겠다고 알리고, 본인 인증하고 새로 비밀번호 받아 로그인 한 다음에 게시판에 들어가서, '반점'을 검색하고 삭제 버튼을 누르면 된다. 그런데 그 인증이라는 것이 쉽게 될까 모르겠다. 뷰티 언니도 인증이 복잡하다는 말을 했었는데. 혹시 내가 버벅거리다 삭제가 늦어지면 김민우가 못 견딜 것 같으니까 우선 이름이라도 전혀 다른 이름으로 바꿔야겠다.

　김민우, 조금만 기다려라. 이름이라도 바꾸면 한결 마음이 편해질 거다. 네가 한 짓을 생각하면 불안과 괴로움의 그늘 속에 갇혀 있게 하고 싶으나, 아직 나이가 어린 관계로 이번 한 번은 은혜를 베풀어 주겠다. 내일 내가 무사히 인증을 잘해서 글을 삭제하면 너는 저주의 올가미에서 완전히 풀려나리니.

예뻐지기 위한 무한 경쟁의 시대에

어렸을 적 귀가 잘생겼다는 말을 들은 적이 있어요.

"귓불에 복이 잔뜩 들어 있어. 참 잘생긴 귀야."

우리 집에 온 손님이 한 말이에요. 그 자리에 같이 있던 언니와 오빠들도 덕담 한마디씩을 들었는데, 거의 외모에 대한 칭찬이었죠. 인물이 훤하다, 미끈하게 생겼다, 듬직하네 등등. 처음 보는 사람에게 인사치레로 쉽게 할 수 있는 말이 외모에 대한 칭찬인 듯싶어요. 첫 대면에 바로 눈에 들어오는 것이 외모니까요.

그날, 기분이 좋았어요. 정말 귀가 잘생겼는지 확인하고 싶어 거울을 보았죠. 그런데 내 귀는 머리카락 속에 덮여 있었던 겁니다. 잠시 고개가 갸웃거려지긴 했어도, 그 손님은 용케도 내 귀를 본 모양이라고 생각했어요. 하여튼 나는 귀가 잘생겼다는 자부심 같은 것이 생겼어요. 사람들에게 보이고 싶어 머리카락을 귀 뒤에 꽂는 버릇까지 생길 정도로요.

"으이구, 그 말이 그렇게 좋냐."

나중에 언니가 하는 말을 듣고 알아챘어요. 귀가 예쁘다는 말이 참 교묘하고 희한한 말이었다는 것을요. 딱히 예쁜 구석이 없을 때 일단은 듣기 좋게 하는 말로, 썩 기분 좋은 말은 아닌 거예요.

외모를 소재로 소설을 쓰고자 마음먹었을 때 위의 일화가 생각났어요. 내 주변에서 일어났던 여러 가지 일들도 떠올랐고요. 방학 때 쌍꺼풀 수술을 하고 흑역사에 벗어났다고 좋아하던 여고생, AS 해 줘야 한다고 우기던 초등학생, 예쁜 게 착한 거라며 무조건 예뻐야 한다고 주장하는 사람에, 성형 수술 비용을 마련하기 위해 시간을 쪼개서 아르바이트 하는 사람도 있었죠. 실로 예뻐지기 위한 무한 경쟁의 시대에 살고 있음을 새삼 느꼈습니다.

외모 때문에 당하는 서러움도 꽤 다양하고, 그 정도도 많이 깊은 것 같아요. 사실 사람들은 자기 외모 수준이 어느 정도인지 잘 알아요. 한 장소에 사람들이 모였을 때 속으로는 열심히 가늠한다고 해요. 내 외모 순위가 이 사람들 중에서 어느 정도 되는지를요. 그럴 정도로 아주 정확하게 자신을 잘 알고 있는데, 마치 찬물 끼얹듯 폭탄 같은 소리를 해 대는 사람들이 있어요.

보통 자신감으로는 남의 외모를 비하하는 말을 할 수 없을 것 같은데, 자기 못난 것은 생각하지 않고 다른 사람의 외모를 신랄하게 평가하는 사람들. 이들은 평가를 넘어 남의 외모를 비하하는 발언도 서슴지 않죠. '그 얼굴로 어떻게 살래?' '나 같으면 죽었다.' 이런 말은 말이 아니라 거의 괴담이죠.

《뷰티스타그램》은 마치 한 편의 괴담을 쓰는 기분으로 이야기를 만들기 시작했어요. 그렇다고 무시무시하고 끔찍한 이야기를 만들 생각은 없었어요. 어렸을 적에 귀가 잘생겼다는 말을 들은 경험이 있는 소녀 오이진을 등장시킨 것부터가 발랄하게 접근해 보고자 하는 의도였어요. 어느날 느닷없이 툭 괴담 같은 말을 들었어도 오이진은 끝내 그 어두운 너울을 거둬 내고 당당한 자신을 찾는답니다.

오이진이 성장해 가는 과정을 통해 청소년기는 몸이 신나게 자라는 시기란 점을 강조하고 싶었어요. 키가 작다고 실망할 필요도 없고, 얼굴이 크다고 짜증 낼 필요도 없어요. 지금은 변하는 시기이기에 나중에 어떤 모습이 될지는 아무도 모르거든요. 자라나는 아이는 열두 번 바뀐다는 말도 있죠. '한 사람'이라는 작품을 만들어 가는 중이기 때문에, 공연히 미리부터 신경 쓰고 걱정할 필요가 없어요. 이러쿵저러쿵 평가하는 사람이 있다면, 그건 그저 한 귀로 듣고 한 귀로 흘려버리세요.

아울러 청소년기는 앞으로 멋지고 아름다워질 나를 위해 준비하는 기간이라는 말을 하고 싶어요. 어떤 준비를 하냐고요? 멋진 외모로 성장했을 때 그 안에 담길 내용이죠. 이를테면 착함, 성실함, 부지런함, 예의 바름 등. 이런 반짝반짝 빛나는 것들을 내 안에 모아 담는다는 느낌으로 차곡차곡 채워 나가는 거예요.

부디 ≪뷰티스타그램≫이 우리 청소년들의 마음을 어루만져 주고, 독자 모두에게 행복을 선물해 주면 좋겠습니다.

한영미

* 오이진이 이어폰으로 듣는 괴담은 인터넷과 오디오 클립 '괴담'을 참고하였습니다.

마음을 꿈꾸다 07

초판 1쇄 펴낸날 2023년 2월 2일

글 한영미

펴낸이 허경애

편집 전상희   디자인 최정현   마케팅 정주열

펴낸곳 도서출판 꿈터

출판등록일 2004년 6월 16일 제313-2004-000152호

주소 서울시 마포구 양화로 156, 엘지팰리스빌딩 825호

전화번호 02-323-0606   팩스 0303-0953-6729

이메일 kkumteo77@naver.com

블로그 http://blog.naver.com/yewonmedia

인스타 kkumteo

ISBN 979-11-6739-082-0(44810)

꿈꾸다 는 꿈터의 청소년 브랜드입니다.